寺山修司青春歌集

寺山修司

角川文庫
13648

目次

空には本　五
血と麦　三五
テーブルの上の荒野　八五
田園に死す　一一三
初期歌篇　一六一
解説　中井英夫　一八六
後記　寺山修司　二〇〇

空には本

チエホフ祭

青い種子は太陽のなかにある
ジュリアン・ソレル

一粒の向日葵の種まきしのみに荒野をわれの処女地と呼びき

桃いれし籠に頬髭おしつけてチエホフの日の電車に揺らる

チエホフ祭のビラのはられし林檎の木かすかに揺るる汽車過ぐるたび

莨火を床に踏み消して立ちあがるチエホフ祭の若き俳優

おのが胸照らされながら小さな火チェホフの夜のコンロに入れぬ

日あたりて貧しきドアぞこつこつと復活祭の卵を打つは

桃うかぶ暗き桶水替うるときの還らぬ父につながる想い

かわきたる桶に肥料を満たすとき黒人悲歌は大地に沈む

音立てて墓穴ふかく父の棺下ろさるる時父目覚めずや

向日葵は枯れつつ花を捧げおり父の墓標はわれより低し

鵙の巣を日が洩れておりわれすでに怖れてありし家欲りはじむ

いますぐに愛欲《ほっ》しおりにんじんとわれの脛毛を北風吹けば

桃太る夜はひそかな小市民の怒りをこめしわが無名の詩

さむき土の中にて種子のふくらむ頃別れき革命などを誓いて

啄木祭のビラ貼りに来し女子大生の古きベレーに黒髪あまる

包みくれし古き戦争映画のビラにあまりて鯖の頭が青し

叔母はわが人生の脇役ならん手のハンカチに夏陽たまれる

墓の子の跳躍いとおしむごとし田舎教師にきまりし友は

山小舎のラジオの黒人悲歌聞けり大杉にわが斧打ち入れて

言い負けて風の又三郎たらん希いをもてり海青き日は

この家も誰かが道化者ならん高き塀より越えでし揚羽

むせぶごとく萌ゆる雑木の林にて友よ多喜二の詩を口ずさめ

父の遺産のたった一つのランプにて冬蠅とまれりわが頬の上

少年工のあるいは黒き採油機の怒りあつまり向日葵咲けり

バラックのラジオの黒人悲歌のしらべ広がるかぎり麦青みゆく

ノラならぬ女工の手にて嚙みあいし春の歯車の巨いなる声
鉄屑をつらぬき芽ぐむポプラの木歌よ女工のなかにも生れよ

冬の斧

俺は酔払ってるんじゃない、ただ「味わっている」のだ。
ドストエフスキー

父の遺産のなかに教えん夕焼はさむざむとどの畦よりも見ゆ

田の中の濁流はやし捨てにきし詩の紙屑をしばらく惜しむ

路地さむき一ふりの斧またぎとびわれにふたたび今日がはじまる

ゆくかぎり枯野とくもる空ばかり一匹の蠅もし失わば

銃声をききたくてきし寒林のその一本に尿まりて帰る

外套のままのひる寝にあらわれて父よりほかの霊と思えず

冬の斧たてかけてある壁にさし陽は強まれり家継ぐべしや

勝つことを怖るるわれか夕焼けし大地の蟻をまたぎ帰れば

外套を着れば失うなにかあり豆煮る灯などに照らされてゆく

さむきわが望遠鏡がとらえたる鳶遠ければかすかなる飢え

だれも見ては黙って過ぎきさむき田に抜きのこされし杭一本を

鶏屠りきしジャンパーを吊したる壁に足向けひとり眠れり

冬鵙の叫喚はげし椅子さむく故郷喪失していしわれに

硝煙を嗅ぎつつ帰るむなしさにさむき青空撃ちたるあとは

父葬りてひとり帰れりびしょ濡れのわれの帽子と雨の雲雀と

めつむりていても濁流はやかりき食えざる詩すらまとまらざれば

嘘まとめつつ来し冬田のほそき畦ふいに巨きな牛にふさがる

胸冷えてくもる冬沼のぞきおり何に渇きてここまで来しや

冬の欅勝利のごとく立ちていん酔いて歌いてわが去りしのち

だれの悪霊なりや吊られし外套の前すぐるときいきなりさむし

北へはしる鉄路に立てば胸いづるトロイカもすぐわれを捨てゆく

直角な空

朝の渚より拾いきし流木を削りておりぬ愛に渇けば

直角に地にスコップを突き立てて穴掘る男を明日は見ざらん

赤き肉吊せし冬のガラス戸に葬列の一人としてわれうつる

外套のまま墓石を抱きおこす枯野の男かかわりもなし

地下室の樽に煙草をこすり消し祖国の歌も信じがたかり

にんじんの種子庭に蒔くそれのみの牧師のしあわせ見てしまいたる

地下室にころげて芽ぐむ馬鈴薯と韓人の同志をそれきり訪わず

わが窓にかならず断崖さむく青し故郷喪失しつつ叫べず

外套の酔いて革命誓いてし人の名知らず海霧ふかし

さむきわが射程のなかにさだまりし屋根の雀は母かもしれぬ

冬怒濤汲まれてしずかなる水におのが胸もとうつされてゆく

冬菜屑うかべし川にうつさるるわれに敗者の微笑はありや

胸の上這わしむ蟹のざらざらに目をつむりおり愛に渇けば

かわきたる田螺蹴とばしゆく人たち愚痴を主張になし得ぬままに

頬つけて玻璃戸にさむき空ばかり一羽の鷹をもし見失わば

わが野性たとえば木椅子きしませて牧師の一句たやすく奪う

旗となるわが明日なれよ芽ぐむ木にかがみて靴をみがきいるとも

冬の斧日なたにころげある前に手を垂るるわれ勝利者ならず

うしろ手で扉をしめながら大いなる嚔《くさめ》一つしぬ言い負け来しか

冬怒濤汲みきてしずかなる桶にうつされ帰るただの一漁夫

田の中の電柱灯る頃帰る彼も酔いおり言い負けてきて

すでに暮れし渓流よりの水にしずめ俘虜の日よりの軍靴を洗う

われの神なるやも知れぬ冬の鳩を撃ちて硝煙あげつつ帰る

轢かれたる犬よりとびだせる蚤にコンクリートの冬ひろがれり

ひとり酔えば軍歌も悲歌にかぞうべし断崖に町の灯らよろめきて

町の空つらぬき天の川太し名もなき怒りいかにうたえど

浮浪児

口あけて孤児は眠れり黒パンの屑ちらかりている明るさに

地下道のひかりあつめて浮浪児が帽子につつみ来し小雀よ

広場さむしクリスマスツリーで浮浪児とその姉が背をくらべていたり

浮浪児が大根抜きし穴ならむ明るくふかく陽があつまれる

われの明日小鳥となるな孤児の瞳にさむき夕焼燃えている間は

にんじんの種子吹きはこぶ風にして孤児と夕陽とわれをつなげり

わがシャツを干さん高さの向日葵は明日ひらくべし明日を信ぜん

孤児とその抱きし小鳩の目のなかに冬の朝焼け燃えおわるとき

熱い茎

夏蝶の屍をひきてゆく蟻一匹どこまでゆけどわが影を出ず

跳躍の選手高飛ぶつかのまを炎天の影いきなりさみし

鯖一尾さかさに提げて帰りゆく教師をしずかなる窓が待つ

小市民のしあわせなどを遠くわれが見ており菜屑うかべし河口

誰か死ねり口笛吹いて炎天の街をころがしゆく樽一つ

枯れながら向日葵立てり声のなき凱歌を遠き日がかえらしむ

向日葵の顔いっぱいの種子かわき地平に逃げてゆく男あり

群衆のなかに故郷を捨ててきしわれを夕陽のさす壁が待つ

火を焚きてわが怒りをばなぐさめぬ大地を鳥の影過ぎてゆき

農家族がらくた荷積みうつりゆけり田に首垂れて向日葵祈る

下向きの髭もつ農夫通るたび「神」と思えりかかわりもなし

羽蟻とぶ高さに街は暮れはじむ離れ憩わん血縁なきか

「雲の幅に暮れ行く土地よ誰のためわれに不毛の詩は生るるや」

目つむりて春の雪崩をききいしがやがてふたたび墓掘りはじむ

混血の子ゆえ勝ちてもさみしさに穂草の熱き茎嚙みてゆく

寝ころべば怒濤もっとも身にせまる屋根裏にいて詩を力とす

ノラならぬ女工の手にて嚙みあいし春の歯車の大いなる声

浮虜の日の歩幅たもちし彼ならん青麦踏むをしずかにはやく

群衆の時すぎたれば広場にさす夕焼にわれの影と破片と

テーブルの金魚しずかに退るなり女を抱きてきてすぐ渇く

少年

サ・セ・パリも悲歌にかぞえん酔いどれの少年と一つのマントのなかに

わが内の少年かえらざる夜を秋菜煮ており頬をよごして

わけもなく海を厭える少年と実験室にいるをさびしむ

縦長き冬の玻璃戸にゆがみつつついに信ぜず少年は去る

ねむりてもわが内に棲む森番の少年と古きレコード一枚

木菟の声きこゆる小さき図書館に耳きよらなる少年を待つ

さむき地を蚤とべりわれを信じつつ帰る少年とわれとの間

祖国喪失

七月の蠅よりもおびただしく燃えてゆく破片。「中国！」と峯は気恥かしい片想ひで立ちすくんでゐた。

武田泰淳

壱

マッチ擦るつかのま海に霧ふかし身捨つるほどの祖国はありや
鼠の死蹴とばしてきし靴先を冬の群衆のなかにまぎれしむ
鷗とぶ汚れた空の下の街ビラを幾枚貼るとも貧し

すこし血のにじみし壁のアジア地図もわれらも揺らる汽車通るたび
寝にもどるのみのわが部屋生くる蠅つけて蠅取紙ぶらさがる
群衆のなかに昨日を失いし青年が夜の蟻を見ており
地下室に樽ころがれり革命を語りし彼は冬も帰らず
外套のままかがまりて浜の焚火見ており彼も遁れてきしか
非力なりし諷刺漫画の夕刊に尿まりて去りき港の男
コンクリートの舗道に破裂せる鼠見て過ぐさむく何か急ぎて

何撃ちてきし銃なるとも硝煙を嗅ぎつつ帰る男をねたむ

一本の骨をかくしにゆく犬のうしろよりわれ枯草をゆく

弐

勝ちながら冬のマラソン一人ゆく町の真上の日曇りおり

マラソンの最後の一人うつしたるあとの玻璃戸に冬田しずまる

党員の彼の冬帽大きすぎぬ飯粒ひとつ乾からびつけて

壁へだて棲む韓人に飼われたる犬が寒夜の水をのむ音

一団の彼等が唱うトロイカは冬田の風となり杭となる

わが影を出てゆくパンの蠅一匹すぐに冬木の影にかこまる

小走りにガードを抜けてきし靴をビラもて拭う夜の女は

冬蠅のとまる足うら向けて眠るたやすく革命信ぜし男

日がさせば籾殻が浮く桶水に何人目かの女工の洗髪

蠅叩き舐めいる冬の蠅一匹なぐさめられて酔いて帰れば

その思想なぜに主義とは為さざるや酔いたる脛に蚊を打ちおとし

復員服の飴屋が通る頃ならんふくらみながら豆煮えはじむ

僕のノオト

「われわれは、古くなり酸敗したのではない。ゼロから出発するのだ。われわれは廃墟の中で生れた。しかし崩れ去った周囲の建物は、われわれに属していたわけではない。生れた時すでに黄金は瓦石に変っていたのである」。P・V・D・ボッシュが『われら不条理の子』のなかでそう自分に呼びかけているように、僕もまた戦争が終ったときに十歳だった者のひとりである。

僕たちが自分の周囲になにか新しいものを求めようとしたとしても一体何が僕たちに残されていただろうか。

見わたすかぎり、そこここには「あまりに多くのものが死に絶えて」しまっていて、僕らの友人たちは手あたりしだいに拾っては、これではない、これは僕のもとめていたものではない、と芽ぐみはじめた森のなかを猟りあっていた。

しかし新しいものがありすぎる以上、捨てられた瓦石がありすぎる以上、僕もまた「今少しばかりのこっているものを」粗末にすることができなかった。のびすぎた僕の身長がシャツのなかへかくれたがるように、若さが僕に様式という枷を必要とした。

定型詩はこうして僕のなかのドアをノックしたのである。

縄目なしには自由の恩恵はわかりがたいように、定型という枷が僕に言語の自由をもたらした。僕が俳句のなかに十代の日々の大半を賭けたことは、今かえりみてなつかしい微笑のように思われる。

僕が仲間と高校に俳句会をつくったときには言葉の美しさが僕の思想をよろこばすような仕方でしかなかった。「青い森」グループは六日おきにあつまっては作品の交換とデスカッションを行い、プリントした会誌を配っていたのである。老人の玩具から、不条理な小市民たちの信仰にかわりつつあった俳句に若さの権利を主張した僕らは一九五三年に『牧羊神』を(全国の十代の俳句作者をあつめて)創刊し、僕と京武久美がその編集にあたった。この運動は十号でもって第一次を終刊として僕らは俳句とははなれたが第二次、第三次の『牧羊神』をはじめ、『青年俳句』『黒鳥』『涙痕』『荒土地帯』その他となって今も俳句運動はひきつがれている。

短歌をはじめてからの僕は、このジャンルを小市民の信仰的な日常の呟きから、もっと社会性をもつ文学表現にしたいと思いたった。作意の回復と様式の再認識が必要なのだ。僕はどんなイデオロギーのためにも「役立つ短歌」は作るまいと思った。われわれに興味があるのは思想ではなくて思想をもった人間なのであるから。

また作意をもった人たちがたやすく定型を捨てたがることにも自分をいましめた。

この定型詩にあっては本質としては三十一音の様式があるにすぎない。様式はいわゆるウェイドレーの「天才の個人的創造でもなく、多数の合成的努力の最後の結果でもない、それはある深いひとつの共同性、諸々の魂のある永続なひとつの同胞性の外面的な現われにほかならないから」である。

しかしそれよりも何の作意をもたない人たちをはげしく侮蔑した。ただ冗慢に自己を語りたがることへのはげしいさげすみが、僕に意固地な位に告白癖を戒めさせた。「私」性文学の短歌にとっては無私に近づくほど多くの読者の自発性になりうるからである。

ロマンとしての短歌、歌われるものとしての短歌の二様な方法で僕はつくりつづけてきた。そしてこれからあとの新しい方法としてこの二つのものの和合による、短歌で構成した交声曲などを考えているのである。

一九五八年五月

血と麦

砒素とブルース

壱　彼の場合

刑務所の消灯時間遠く見て一本の根を抜き終るなり

階段の掃除終えきし少年に河は語れり　遠きアメリカ

地下水道をいま通りゆく暗き水のなかにまぎれて叫ぶ種子あり

非常口の日だまりにいる猫に見られかなしき顔を剃り終りたり

きみのいる刑務所の塀に自転車を横向きにしてすこし憩えり

牛乳の空瓶舐めている猫とひとりのわれと何奪りあわん

玻璃越しに遠い蹴球終り去りアパートのガス焰となれり

きみのいる刑務所とわがアパートを地中でつなぐ古きガス管

弐　肉について

父となるわが肉緊まれ生きている蠅ごと燃えてゆく蠅取紙

北方に語りおよべば眼の澄めるきみのガソリンくさき貯金通帳

ウィスキイの瓶を鉄路に叩きつけ夜を逢いにゆく一人もあらず

生命保険証書と二、三の株券をわれに遺せし父の豚め

罐切りにつきしきみの血さかさまに吊されており乾からびながら

一匹の猫を閉じこめきしゆえに眠れど曇る公衆便所

潰されて便器声あげいん夜かマタイ伝読みつつかわきおり

馬鈴薯がくさり芽ぶける倉庫を出づ夢はかならず実現範囲

麻薬中毒重婚浮浪不法所持サイコロ賭博われのブルース

さらば夏の光よ、祖国朝鮮よ、屋根にのぼりても海見えず

参　Soul, Soul, Soul.

陽あたりてガソリンスタンド遠く眠る情事に思いおよばざりしに
五円玉のブルースもあれ陽あたりの空罐の傷足で撫でつつ
罐切りにひからびし血よ老年とならばブルースよりも眠りを
黒人に生れざるゆえあこがれき野性の汽罐車、オリーブ、河など
軍隊毛布にひからびし唾のあと著しそのほか愛のかたみ残さず

ここをのがれてどこへゆかんか夜の鉄路血管のごとく熱き一刻

壁越しのブルースは訛りつよけれど洗面器に湯をそそぎつつ和す

流産をしたるわが猫ステッフィに海を見せたし童貞の日の

トラックの運転手が去り猫が去り日なたにドラム罐残されたり

ピーナッツをさみしき馬に食わせつついかなる明日も貯えはせず

欲望は地下鉄音とともにわが血をつらぬきてすぐ醒むるのみ

老犬の血のなかにさえアフリカは目ざめつつありおはよう、母よ

そのなかの弾痕のある一本の樹を愛すゆえ寒林通る

一枚の葉書出さんとトラックで来し黒人も河を見ており

日あたりし非常口にて一本の釘を拾いぬ誰にも言わじ

刑務所にあこがれし日は瘤のあるにんじんばかり選びて煮たる

波止場まで嘔吐せしもの捨てにきてその洗面器しばらく見つむ

まっくらな海に電球うかびおりわが欲望の時充ちがたき

剃刀をとぐ古き皮熱もてり強制収容所を母知らず

砂に書きし朝鮮哀歌春の波が消し終るまで見つめていたり

大声で叫ぶ名が欲し地下鉄の壁に触れきしシャツ汚れつつ

地下鉄の汚れし壁に書かれ古り傷のごとくに忘られ、自由

血と麦

壱

狂熱の踊りはならず祖父の死後帰郷して大麦入りのスープ

アスファルトにめりこみし大きな靴型よ鉄道死して父亡きあととも

砂糖きびの殻焼くことも欲望のなかに数えんさびしき朝は

自らを潰さんときて藁の上の二十日鼠をしばらく見つむ

たけくらべさみしからずやコンクリートの血痕をすでに越えしわが胸

死ぬならば真夏の波止場あおむけにわが血怒濤となりゆく空に

セールスマンの父と背広を買いにきてややためらいて鷗見ており

墓買いにゆくと市電に揺られつつだれかの籠に桃匂いおり

馬鈴薯が煮えて陽あたる裏町の〈家〉よりきみよ醒めて歌え

雷鳴に白シャツの胸ひろげ浴ぶ無瑕の愛をむしろ恥じつつ

トラクターに絡む雑草きみのため土地欲し歩幅十歩たりとも

農場経営に想いおよべばいつも来るシャツのボタンのなき父の霊

ドラム罐唸り立つ夜の工場街泣けとごとくにわれを統べつつ

刑務所にトラックで運びこまれたる狂熱以前のひまわりの根

センチメンタル・ジャニイと言わん雨けむる小麦畑におのれ濆れて

運転手移民刑務所皿洗い鉄道人夫われらの理由

血と麦がわれらの理由工場にて負いたる傷を野に癒しつつ

藁の上に孤り諳《そら》んじいし歌は中国語「自由をわれらに」なりき

ダイナモの唸る機械に奪われて山河は青し睡りのなかに

家族手帖にはさまれつぶれ一粒の麦ありきわれを糺すごとくに

ドラム罐に顎のせて見るわが町の地平はいつも塵芥吹くぞ

パン竈にふくらむパンを片隅の愛の理由として堕ちゆけり

暗黒に泛かぶガソリンスタンドよ欲望は遠く母にもおよび

二十日鼠の一〇メートルほどの自由もつけだものくさき目と親しめり

さむき川をセールスマンの父泳ぐその頭いつまでも潜ることなし

弐

牛乳を匙ですくいて飲み病めば船は遠くを出てゆきにけり

うたのことば字にかくことももどかしく波消し去れりわが祝婚歌

にがきにがき朝の煙草を喫うときにこころ掠める鷗の翼

鉄道が大きな境われとわが山羊と駈けいし青春の日の

灯台にゆきてかえらぬわが心遠き鷗を見て耕せり

老年物語

すでに亡き父への葉書一枚もち冬田を越えて来し郵便夫

墓買いに来し冬の町新しきわれの帽子を映す玻璃あり

ある日わが欺きおえし神父のため一本の葱抜けば青しも

わが売りしブリキの十字架兄の胸に揺れつつあらん汗ばみながら

悪霊となりたる父の来ん夜か馬鈴薯くさりつつ芽ぐむ冬

なまぐさき血縁絶たん日あたりにさかさに立ててある冬の斧

くらやみに漬樽唸る子守唄誰かうたえよ声をかぎりに

さかさまに吊りしズボンが曇天の襞きざみおりわれの老年

つきささる寒の三日月わが詩もて慰む母を一人持つのみ

北の壁に一枚の肖像かけており彼の血をみな頒ちつつ老ゆ

「荒野よりわれ呼ぶ者」も諦めん炉に音たてて燃ゆる榾の火

田螺嚙み砕きてさむき老犬とだれを迎えに来し道程ぞ

老犬が一本の骨かくしきし隣人の土地ひからびし葦

無名にて死なば星らにまぎれんか輝く空の生贄として

わが内に越境者一人育てつつ鍋洗いおり冬田に向きて

濁流に吸殻捨ててしばらくを奪われていき……にくめ、ハレルヤ！

遠き土地あこがれやまぬ老犬として死にたりき星寒かりき

酒臭き息もて何を歌うとも老犬埋めし地のつづきなり

酔えばわが頭のなかに鴉生るわれのある日を企むごとく

電線はみなわが胸をつらぬきて冬田へゆけり祈りのあとを

死して鼠軽くなりしやわが土地の真上に冬の日輪あり

ひわれたる冬田見て過ぐ長男として血のほかに何遺されし

雪にふかき水道管もてつながれり死者をいつまで愛さん家と

墓の子もスメルジャコフも歌いいん雪が昏ればみな悲歌なるを

橋桁にぶつかる夜の濁流よわが誕生は誰に待たれし

生ける蠅いれて煮えゆく肉鍋ありイワンも神を招びいん夜か

屠られし牝牛一匹わが内に帰りきて何はじめんとする

冬海に横向きにあるオートバイ母よりちかき人ふいに欲し

冬蝶が日輪に溶けこむまでをまとまらざりきわが無頼の詩

冬井戸にわれの死霊を映してみん投げこむものを何も持たねば

兄弟として憎みつつ窓二つ向きあえりそのほかは冬田

映子を見つめる

古いノートのなかに地平をとじこめて呼ばわる声に出でてゆくなり

わが家の見知らぬ人となるために水甕抱けり胸いたきまで

パンとなる小麦の緑またぎ跳びそこより夢のめぐるわが土地

寝台の上にやさしき沈黙と眠いレモンを置く夜ながし

林檎の木伐り倒し家建てるべしきみの地平をつくらんために

種まく人遠い日なたに見つつわが婚約なれど訛りはふかき

きみが歌うクロッカスの歌も新しき家具の一つに数えんとする

厨にてきみの指の血吸いやれば小麦は青し風に馳せつつ

木の匙を川に失くせしこと言えず告白以前の日のごと笑めり

齢《よわい》きて娶るにあらず林檎の木しずかにおのが言葉を燃やす

わが内のダフニスが山羊連れて出て部屋にのこされたる陽の埃

製粉所に帽子忘れてきしことをふと思い出づ川に沿いつつ

きみの雨季ながしバケツに足浸しわがひとり読む栽培全書

歌ひとつ覚えるたびに星ひとつ熟れて灯れるわが空をもつ

起重機に吊らるるものが遠く見ゆ青春不在なりしわが母

乾葡萄喉より舌へかみもどし父となりたしあるときふいに

見えぬ海かたみの記憶浸しゆく夜は抱かれていて遥かなり

失いしものが書架より呼ぶ声を背に閉じ出れば小麦は青し

父の年すでに越えおり水甕の上の家族の肖像昏し

馬鈴薯を煮つつ息子に語りおよぶ欲望よりもやさしく燃えて

許されて一日海を想うことも不貞ならんや食卓の前

一本の樹を世界としそのなかへきみと腕組みゆかんか　夜は

土曜日のみじかき風邪に眠りつつ教室のとぶ夢を見たりき

空をはみだしたるもの映す寝台の下の洗面器の天の川

夕焼の空に言葉を探すよりきみに帰らん工場沿いに

悲しみは一つの果実てのひらの上に熟れつつ手渡しもせず

目の前にありて遥かなレモン一つわれも娶らん日を怖るなり

蜥蜴の時代

埃っぽきランプをともす梁ふかく愛うすき血も祖父を継ぎしや

鷹追うて目をひろびろと青空へ投げおり父の恋も知りたき

晩夏光かげりつつ過ぐ死火山を見ていてわれに父の血めざむ

母が弾くピアノの鍵をぬすみきて沼にうつされいしわれなりき

ある日わが貶めたりし教師のため野茨摘まんことを思い出づ

コスモスに暗き風あり抱きねし少年の瞳をもっともねたむ

夾竹桃咲きて校舎に暗さあり饒舌の母をひそかににくむ

愛せめる女のこしてきし断崖ふりむけばすぐ青空さむし

けたたましくピアノ鳴るなり滅びゆく邸の玻璃戸に空澄みながら

電話より愛せめる声はげしきとき卓の金魚はしずかに退る

汗の群衆哄笑をして見ていしが片方の犬嚙み殺されぬ

鰯雲なだれてくらき校廊にわれが瞞せし女教師が待つ

うしろ手に墜ちし雲雀をにぎりしめ君のピアノを窓より覗く

レンズもて春日集むを幸とせし叔母はひとりおくれて笑う

胸病むゆえ真赤な夏の花を好く母にやさしく欺されていし

雲雀の死告げくる電話ふいに切る目に痛きまで青空濃くて

甲虫を手に握りしめ息あらく父の寝室の前に立ちおり

車輪の下に轢かれし汗の仔犬より暑き舗道に蚤とびだせり

ひとの不幸をむしろたのしむミイの音の鳴らぬハモニカ海辺に吹きて

腋毛深き家庭教師とあおむけに見ており雲雀空に墜つまで

business のごとき告白ききながら林檎の幹に背をこすりおり

そそくさとユダ氏は去りき春の野に勝ちし者こそ寂しきものを

勝ちて獲し少年の日の胡桃のごとく傷つきいしやわが青春は

胸にひらく海の花火を見てかえりひとりの鍵を音立てて挿す

日傘さして岬に来たり妻となりし君と記憶の重ならぬまま

亡き父の勲章はなお離さざり母子の転落ひそかにはやし

わが知れるのみにて春の土ふかく林檎の種子はわが愛に似る

青空におのれ奪いてひびきくる猟銃音も愛に渇くや

真夏の死

ささやかな罪を犯すことは強い感動を避ける
一つの方法です
ラファイエット夫人

手の上にかわく葡萄の種子いくつぶわれは遠乗会には行かず

ダリアの蟻灰皿にたどりつくまでをうつくしき嘘まとめつついき

欺されていしはあるいはわれならずや驟雨の野茨折りに駈けつつ

乗馬袴《キュロット》に草の絮つけ帰りきし美しき疲れをわれは妬めり

扉のまえにさかさに薔薇をさげ持ちてわれあり夜は唇熱く

かつて野に不倫を怖じずありし日も火山の冷えを頰におそれき

愛なじるはげしき受話器はずしおきダリアの蟻を手に這わせおり

わが撃ちし鳥は拾わで帰るなりもはや飛ばざるものは妬まぬ

うしろ手に春の嵐のドアとざし青年は已にけだものくさき

愛されているうなじ見せ薔薇を剪るこの安らぎをふいに蔑む

その中に一つの声を聞きわけおり夾竹桃はしずかに暗し

ある日わが貶めたりし夫人のため蜥蜴は背中かわきて泳ぐ

汚れたるちいさき翼われにあらば君の眠りをさぐり翔《か》くべし

みじんなる破片ひろえり失いし言葉に春の燭照るごとく

猟銃を撃ちたるあとの青空にさむざむとわが影うかびおり

息あらくけだものくさく春の嵐をかえりひとりの鍵をさしこむ

扉をあけて入りゆきたるわがあとの廊下にさむく風のこりおり

愛されていしやと思うまといつく黒蝶ひとつ虐げてきて

遠き火山に日あたりおればわが椅子にひっそりとわが父性覚めいき

野茨にて傷つきし指口に吸い遠き火山のことを告げにき

ぬれやすき頬を火山の霧はしりあこがれ遂げず来し真夏の死

血

第一楽章

剝製の鷹ひっそりと冷えている夜なりひとり海見にゆかん

抽出しの鋏錆びつつ冷えていん遠き避暑地のきみの寝室

遠く来て毛皮をふんで目の前の青年よわが胸撃ちたからん

かざすとき香水瓶に日曇るわれに失くさぬまだ何かあれ

みずうみを見てきしならん猟銃をしずかに置けばわが胸を向き

揚羽追い来し馬小舎の暗ければふいに失くせし何かに呼ばる

一つかみほど苜蓿《うまごやし》うつる水青年の胸は縦に拭くべし

海の記憶もたず病みいる君のためかなかな啼けり身を透きながら

泳ぐ蛇もっとも好む母といてふいに羞ずかしわれのバリトン

凍てつきし赤インク火にかざしつつ流氓の詩と言えどみじかき

地下鉄の入口ふかく入りゆきし蝶よ薄暮のわれ脱けゆきて

第二楽章

わが胸郭鳥のかたちの穴もてり病めばある日を空青かりき
床屋にて首剃られいるわれのため遠き倉庫に翳おとす鳥
わが捨てし言葉はだれか見出ださむ浮巣の日ざし流さるる川
大いなる腕まげてゆく河にうつり不幸な窓ははやく灯せり
猟銃の銃口覗きこみながら空もたぬゆえかくまで渇く
手を置かん外套の肩欲しけれど葱の匂える夕ぐれ帰る

灰のなかより古釘出でぬ亡びゆくものは日差にあわせ歌えよ

剃刀を水に沈めて洗いおり血縁はわれをもちて絶たれん

菌のごとき指紋いくつかのこしたる壁は夕日に花ひらかざり

下宿人の女の臀に玉ねぎを植えこみてわが雨季ながかりき

ある日わが喉は剃刀をゆめみつつ一羽の鳥に脱出ゆるす

胸の上に灼けたる遮断機が下りぬ正午はだれも愛持たざらん

第三楽章

氷湖見に来しにはあらず母のため失いしわが顔をもとめて

暗き夜の階段に花粉こぼしつつわが待ちており母の着替えを

母よわがある日の日記寝室に薄暮の蝶を閉じこめしこと

銅版画の鳥に腐蝕の時すすむ母はとぶものみな閉じこめん

氷湖をいま滑る少女は杳き日の幻にしてわが母ならんか

やわらかき茎に剃刀あてながら母系家族の手が青くさし

銅版画にまぎれてつきし母の指紋しずかにほぐれゆく夜ならん

ひとよりもおくれて笑うわれの母　一本の樅の木に日があたる

時禱するやさしき母よ暗黒の壜に飼われて蜥蜴は　笑う

母のため青き茎のみ剪りそろえ午後の花壇にふと眩暈《めまい》せり

わが喉があこがれやまぬ剃刀は眠りし母のどこに沈みし

紫陽花の芯まっくらにわれの頭《ず》に咲きしが母の顔となり消ゆ

日月をかく眠らせん母のもの香水瓶など庭に埋めきて

第四楽章

自らを潰してきたる手でまわす顕微鏡下に花粉はわかし

木曜日海に背かれきて眠るテーブルをわが地平線とし

一枚の楽譜のなかに喪せゆきてひとりのときはわれも羽ばたく

レントゲン写真に嘴《はし》をあけし鳥さかさにうつり抱かれざる胸

日あたらぬせまき土地にて隔てられ一本の樹とわが窓親し

湖凍りつつある音よ失いしわが日と木の葉とじこめながら

よごされしわが魂の鉄路にて北へはしれり叫ぶごとくに

青梅を漬けたる甕を見おろせば絶壁よりもふかし　晩年

わが母音むらさき色に濁る日を断崖にゆく瀆るるために

樹となりてしまいしわれに触れゆきてなまぬるき手の牧師かえらず

アルコオル漬の胎児がけむりつつわが頭《ず》のなかに紫陽花ひらく

挽歌たれか書きいん夜ぞレグホンの白が記憶を蹴ちらかすのみ

一人死ねば一つ小唄が殖えるのみサボテン唸り咲きてよき町

うつむく日本人

壱　他人の時

声のなき斧を冬空の掟とし終生土地を捨つる由なし

実験の傷もつ鼠逃げだして金網ごしに陽のさせる箱

幻の小作争議もふいに消え陽があつまれる納屋の片すみ

生けるまま鳥巣を埋めきその上に石油タンクの巨大なる今日

外套のままの会議ゆ小作田が見えおり冬の鴉が一羽

二夜つづけて剃刀の夢見たるのみ冬田は同じ幅に晴れたり

地下鉄の欲望音にわが裂かれ帰るアパートに窓一つあり

ねじれたる水道栓を洩るる水舐めおり愛されかけている犬

一本の曲った釘がはみ出せる樽をしばらく見ていしが去る

北一輝その読みさしのページ閉じ十七歳の山河をも閉ず

眼帯にうすき血にじむ空もたぬ農少年の病むグライダー

遠く来て冬のにんじん売りてゆく転向以後の友の髪黒し

かわきたるてのひらの上に暴かれて小作の冬田われのブランキ

弐　小さいシナ

壁の汚点が新中国となる日まで同棲をして雨夜に去りたり

労働歌がまきこぼしたる月見草と小さなねじの回転はやし

綿虫とぶきみの齢にはあらざれど脱党以後は微笑みやすし

髪刈ってボルシェヴィキの歌うたう或る日馬より蒼ざめていん

たそがれのガスが焔となるつかのま党員よりもわが唾液濃き

手の大きな同志に怒りよみがえれ海霧ふかき夜にわかれて

護岸工事の歌なきひとり逝きしこととタンポポ咲きしことを記さん

幻の陽のあたる土地はらみつつ母じぐざぐと罐詰切りおり

貨車より振る同志の冬帽遠ざかり飛べない工場を守りゆく齢

萌えながらむせぶ雑木よさよならを工作者宣言第一語とす

同志らの小さな眠りの沼にうかび睡蓮は音たてず咲くべし

陽のあたる遠い工場を見つつ病み労働運動史と木の葉髪

血を売って種子買いもどる一日をなに昂ぶるやあなたは農奴

颱風の眼の青空へ喉向けて剃られつつあり入党直後

瘤のある冬木一本眼を去らず農民史序章第一課読後

壁となる前のセメント練り箱にさかさにわれの影埋める

牝犬が石炭置場に一本の骨をかくしていしが去る

参　山羊つなぐ

地球儀の見えぬ半分ひっそりと冷えいん青年学級の休日

転向後も麦藁帽子のきみのため村のもっとも低き場所萌ゆ

グライダーにたそがれの風謳わしむこころ老いたる青春のため

わが内を脱けしさみしき少年に冬の動物園まで逢いにゆく

田園の傷みは捨てて帰らんか大学ノートまで陽灼けして

林檎の木ゆさぶりやまずわが内の暗殺の血を冷やさんために

思い出すたびに大きくなる船のごとき論理をもつ村の書記

私のノオト

　とうとう信じられなかった世界が一つある。そしてまた、私の力不足のゆえに今も信じきれないもう一つの世界があるように思われてならない。多分、それはまだ生れ得ない世界なのかも知れないが、しかし私はその二つの間にはさまれて耳をそばだてている。「今日、人類の運命は政治を通してはじめて意味をもつ」と言ったトーマス・マンの言葉がいまになって問題になっている。

　だがいったい、そんな警告がどんな意味をもっているだろうか。私は決して「永遠」とか「超絶性」とかにこだわるのではないが「人類の運命」のなかに簡単に「私」をひっくるめてしまう決定論者たちをにがい心で見やらない訳にはいかない。

　だが同時にビートニックス詩人スチュアート・ホルロイドのように「ぼく自身の運命、世界からもほかの人たちから切り離されたぼくだけの運命がある」と思うのでもないのだ。むしろ、そうした一元論で対立としてとらえ得ないところに私自身の理由があるように思われる。

大きい「私」をもつこと。それが課題になってきた。「私」の運命のなかにのみ人類が感ぜられる……そんな気持で歌をつくっているのである。第一歌集『空には本』の後記を読むと、まるで蕩児帰る、といった感がする。そちこちで勝手気ままな思考を醱酵させて帰ってくると、家があり部屋があるように、「様式」が待ちかまえていると私は思っていたらしい。

私はコンフェッション、ということを考えてみたこともなかった。だが、私個人が不在であることによってより大きな「私」が感じられるというのではなしに、私の体験があって尚私を越えるもの、個人体験を越える一つの力が望ましいのだ。私はちかごろ Soul という言葉が好きである。

心、鬼、そんなものを自分の血のなかに、行動のバネのようなものとして蓄積しておきたい、と思っている。

いま欲しいもの、「家」

いましたいこと、アメリカ旅行

いませねばならぬこと、長編叙事詩の完成。

いま、書きたいもの、私の力、私の理由。そしていま、たったいま見たいもの、世界。

世界全部。世界という言葉が歴史とはなれて、例えば一本の樹と卓上の灰皿との関係にすぎないとしてもそうした世界を見る目が今の私には育ちつつあるような気がするのだ。

今日までの私は大変「反生活的」であったと思う。そしてそれはそれでよかったと思う。だが今日からの私は「反人生的」であろうと思っているのである。

一九六二年夏　小諸にて

テーブルの上の荒野

テーブルの上の荒野

もしも友情か国家かどっちかを裏切らなければいけないときが来たら、私は国家を裏切るだろう

フォスター

女優にもなれざりしかば冬沼にかもめ撃たるる音聴きてをり

テーブルの上の荒野をさむざむと見下《みおろ》すのみの劇の再会

稽古場の夜の片隅ひと知れず埋めてしまひしチエホフのかもめ

町裏で一番さきに灯ともすはダンス教室わが叔父は　癌

「ここより他《ほか》の場所」を語れば叔父の眼にばうばうとして煙るシベリア

同じ背広を二着誂へゆく癌の叔父に一人の友があるらし

木の匙を片付け忘れて叔父眠る「われらの時代」の末裔として

古着屋の古着のなかに失踪しさよなら三角また来て四角

独身のままで老いたる叔父のため夜毎テレビの死霊は来《きた》る

酔ひどれし叔父が帽子にかざりしは葬儀の花輪の中の一輪

すりきれしギター独習書の上に暗夜帰航の友情も　なし

老犬の芸当しばらく見てゐしがふいに怒りて出てゆく男

アスピリンの空箱裏に書きためて人生処方詩集と謂ふか

たつた一人の長距離ランナー過ぎしのみ雨の土曜日何事もなし

洗面器に嘔吐せしもの捨てに来しわれの心の中の逃亡

撞球台の球のふれあふ荒野までわれを追ひつめし　裸電球

白球が逃亡の赤とらへたる一メートルの旅路の終り

地下鉄の真上の肉屋の秤にて何時《いつ》もかすかに揺れてゐるなり

舐めて癒すボクサーの傷わかき傷羨みゆけば深夜の市電

中年の男同志の「友情論」毛ごと煮られてゐる鳥料理

寿命来て消ゆる電球わがための「過去は一つの母国」なるべし

ダンス教室その暗闇に老いて踊る母をおもへば　堕落とは何？

亡き父の靴のサイズを知る男ある日訪ねて来しは　悪夢

幾百キロ歩き終りし松葉杖捨てられてある　老人ハウス

「剝製の鳥の内部のぼろ綿よわが言葉なき亡命よさらば」

肉屋の鉤なまあたたかく揺るるときさみの心のなかの中国

ボクシング

冬の犬コンクリートににじみたる血を舐めてをり陽を浴びながら

アパートの二階の朝鮮人が捨てし古葉書いまわが窓を過ぐ

いたく錆びし肉屋の鉤を見上ぐるはボクサー放棄せし男なり

ジュークボックスにジャズがかかればいつも来るポマード臭ききみの悪霊

暗闇に朝鮮海峡荒れやまず眠りたるのち……喉かわき

哄笑の顔を鏡にふと見つむわが去りしあとも笑ひのこらむ

冷蔵庫のなかのくらやみ一片の肉冷やしつつ読むトロツキー

手の中で熱さめてゆく一握の灰よはるかに貨車の連結

目のさめるごとき絶望つひになし工場の外の真青な麦

戦艦にあこがれゐしが水甕に水を充たして家に残らむ

さみしくて西部劇へと紛れゆく「蒼ざめし馬」ならざりしかば

運ばれてゆくとき墓の裏が見ゆ外套を着て旅するわれに

〈サンドバッグをわが叩くとき町中の不幸な青年よ　目を醒ませ〉

田園に母親捨ててきしことも血をふくごとき思ひ出ならず

心臓のなかのさみしき曠野まで鳩よ　航跡暗く来《きた》るや

煮ゆるジャム

煮ゆるジャムことにまはりが暗かりきまだ党の歌信ずる友に

空罐を蹴りはこびつつきみのゐる刑務所の前通りすぎたり

人生はただ一問の質問にすぎぬと書けば二月のかもめ

蹴球に加はらざりし少年に見らるる車輪の下の野の花

今日も閉ぢてある木の窓よマラソンの最後尾にて角まがるとき

わけもなく剃刀とぎてゐる夜の畳を猫が過ぎてゆくなり

終電車がわれのブルース湯にひたす腿がしだいに熱くなる愛

蠅とまる足うら向けて眠りをり彼にいかなる革命来むか

一本の馬のたてがみはさみおく彼の獄中日記のページ

陽なたにて揺るるさなぎを見てをればさみしからずや歴史の叙述

冬沼に浮かぶ電球見てあれば帰るにあまり遠し　コミューン

撃たれたる小鳥かへりてくるための草地ありわが頭蓋のなかに

死の重さ長さスコップもて量れり地平をかわきとぶ冬の雲

飛ばない男

×月×日
ある朝、私がなにか気懸かりな夢から目をさましても、自分が寝床の中で一羽の鳥になつてゐないのに気がついた。これは一体どうしたことだ、と私は思つた。
「やつぱりまた事務所へ出勤するしかないのか」

わが頭蓋ある夜めざめし鳥籠となりて重たし羽ばたきながら

母のため感傷旅行たくらまむたそがれの皿まるく拭きつつ

翼の根生えつつあらむわが寝台それに磔刑のごとく眠れば

「革命だ、みんな起きろ」といふ声す壁のにんじん種子袋より

高度4メートルの空にぶらさがり背広着しゆゑ星ともなれず

×月×日
「空だつて？」と彼は言つた。「牢獄に違ひなんかあるものか。ただここより空の方が少しだけ広いといふだけのことさ」私はその彼を黙つて見た。——失敗者はいつもこれなんだ。

もの言へば嘲りとなる会計の男よ羞づかしき翼出せ

夾竹桃の花のくらやみ背にしつつ戦後の墓に父の戒名

理髪師に首剃られをり革命は十一月の空より来むか

われとわが母の戦後とかさならず郵便局に燕来るビル

外套掛けに吊られし男しばらくは羽ばたきゐしが事務執りはじむ

×月×日
「囚はれた人間はほんたうは自由だつたのだ」とカフカは書いてゐる。「この牢獄を立ち去ることもできたらう。格子は一メートル間隔にはまつてゐたのだ。彼はほんたうは囚はれてたわけではなかつたのである」（一九二〇年の手記）

大いなる欅にわれは質問す空のもつとも青からむ場所

会議室に一羽の鳥をとぢこめ来てわれあり七階旅券交付所

艇庫より引きだされゆくボート見ゆ川の向ふのわが脱走夢

ある日われ蝙蝠傘を翼としビルより飛ばむかわが内脱けて

陽のあたる場所に置かれし自転車とつひに忘れゐしわが火傷

罪

窓へだてみづうみに暗くはしる雨母の横顔ばかり恋ほしむ

とぶ翼ひろげしままに腐蝕せし銅版画の鷹よ……われの情事

壜詰の蝶を流してやりし川さむざむとして海に注げり

山鳩をころしてきたる手で梳けば母の黒髪ながかりしかな

わが遠き背後をたれに撃たれゐむ寒林にきく猟銃の音

混血の黒猫ばかり飼ひあつめ母の情夫に似てゆく僕か

遺伝

雷雲によごれそめたる少女にて家畜小屋まで産みに帰れり

白髪の蕩父帰れり　黄金の蠅が蠅取紙恋ふごとく

わが天使なるやも知れぬ小雀を撃ちて硝煙嗅ぎつつ帰る

北窓に北のいなづま光る夜をまだ首吊らぬ一本の縄

妊みつつ屠らるる番待つ牛にわれは呼吸を合はせてゐたり

家出節吹かざりしかば尺八の孔ふかくまよひこみし夏蝶

一夜へし悪夢は牛に返上しわが義弟らよどぶろくを汲め

縊られて一束の葱青かりき出奔以前の少年の日ゆ

老牛を打ちたる鞭をさむざむと野にて振るべし　青年時代

花札伝綺

邪魔人畜悉頓滅《じやまなりくつはだまらせよ》

按摩《あんま》の首市《くびいち》、入ってくるなりヨイドに手を出して
眼帯《がんたい》の片目そはそは見てゐたる
花の小姓《こしやう》の　せんずり草紙《さうし》
笊《ざる》に手を入れひとつかみ、振れば丁半《ちようはん》、地獄節《ぢごくぶし》
⚀⚄⚀お寺のコタツ　コタツのなかの毛脛《けずね》殺し　⚀⚀⚀花車《だし》　花の
吃《ども》りの艶笑双五《すごろくいぜん》　⚀⚃⚀三日《みつか》ばうず　四日目《よつかめ》に剃《そ》る腋扇《わきあふぎ》

当代和歌《げんだいたんか》子《ご》読《よみ》の口上《ことはり》は
歌読む甲斐に拙《つたな》くまれ。なほ此外《このほか》に著述《うた》はむと思ふものなきあらね
ど。すでに冠者《わかもの》ならず和歌舞台《うたびとせい》。
黒幕中《くろまくのうち》に思惟《おもひみ》れども喝采《やんや》の当《あたり》は得られまじ。
されば白魚《ふるほんや》の棲居《みせさき》に倣《な》さむとしるす、
田舎綴花札伝綺《でまかせていけいはなふだでんき》

長月《ながつき》は菊
聴くも聴かぬも八卦《はっけ》の地獄

花好きの葬儀屋ふたり去りしあとわが家《や》の庭の菊　首無し

葉月《はづき》すすき
満月《まんげつ》の夜《よ》の仏壇《ぶつだん》はこび

母売りてかへりみちなる少年が溜息橋《ためいきばし》で月を吐きをり

神無月《かむなづき》はもみぢ
母に似してふ巫女《いたこ》見にゆく

長持《ながもち》に一羽《いちは》の鵙《もず》をとぢこめし按摩《あんま》がねむりぐすり飲むなり

霜月《しもつき》は柳《やなぎ》
奇数ばかりの賽《さい》の目じやらし

つばくらめまだ生まれざるおとうとに柳行李《やなぎかうり》のいれものを編む

文芸賭博《いかさましじん》

言葉之介《ことばのすけ》一夜《いちや》の物ぐるひ

まことに今宵は書斎の里のざこ寝とて定型七五《ていけいしちご》　花鳥風月《くわてうふうげつ》　雅辞古《がじこ》語雑俳用語《ござつぱいようご》、漢字《かんじ》ひらがな、形容詩詞《けいようしし》にかぎらず新旧《しんきう》かなづかひのわかちもなく　みだりがはしくうちふして　一夜《いちや》は何事も許すとかや。いざ、是《これ》より、と朧《おぼろ》なる暗闇に、さくら紙もちてもぐりこめば、筆はりんりんと勃起をなし、その穂先したたるばかり。言葉之介、一首まとめむと花鳥風月をまさぐれば、まだいはけなき姿にて逃げまはるもあり。そのなかをやはらかく　こきあげられて絶句せるは、老いたる句読点ならむか。しみじみとことば同志にて語らふ風情、ひとりを千語《せんご》にて論ずるさまもなほをかし。七十におよぶ婆《ばば》の用ひし手ならひの硯、或《あるひ》は古語のかわきたるをおどろかし　枕ことばにいたるとよろこぶこと、きき伝へしよりおもしろきとぞ。入組《いりく》み、泣かし、よろこばしたるのちに、言葉之介、三十一音にまとめたるは、おもしろの花のあかつき近くや。

死語ひとつ捨てて来し夜の天《あま》の川《がは》はるばると母恋ふ一首ゆゑ

言葉《ことば》葬《さう》けむりもあげずをはるなり紙虫《しみ》のなかなる望郷の冬

好語一代男《かうごいちだいをとこ》、言葉の快感《よきこと》かぎりなし。別名《べつのな》を歌人百般次《うたよみのすべて》と、呼びし
や、否！

棺桶の蓋《ふた》をあけてなかを覗《のぞ》きこんだ
葬儀屋の女房のおはかは
時はまさしく丑満であたしの
亭主は白河夜《しらかはよ》船《ふね》……多情《うはき》な死神《しにがみ》
ほとけさま。どうぞ助けて下さいまし。
生きてる人たちの丑満が終つて死人の
庚がはじまる前の

これはあたしの物狂ひ！
おつ立つまらをおさへきれぬ仮寝《かりね》の宿《やど》の十三夜
死んだはたちのおとうとの情欲だけがのりうつり
指にためしの火をあてりや
燃ゆるほのほもゆらゆらと
おはか恋しやなつかしや
赤い腰巻、まき狂ひ
打上《うちあげ》打当《うちあて》打別離《うちわかれ》
肌肉《はだと》近接相《はだとをよせ》愛撫《あって》
赤喰付《あかくつき》雨冠花札《のあめかぶり》
空巣《からす》四三鬼《しそうのおに》札繰《ふだめぐり》

おまへの背中の満月と　あたしの背中の
松と桐
一人あはせて出来役《できやく》は
かなしい墓場のしのび逢ひ

啞和歌恨言葉按摩墓撫居士《たんかもしばらくつくらずにおはかでおかまをほるをとこ》
一首よみて
刺青《いれずみ》の菖蒲《しやうぶ》の花へ水差にゆくや悲しき童貞童子《どうていどうじ》

田園に死す

これはこの世のことならず、死出の山路のすそ野なる、さいの河原の物語、十にも足らぬ幼な児が、さいの河原に集まりて、峰の嵐の音すれば、父かと思ひよぢのぼり、谷の流れをきくときは、母かと思ひはせ下り、手足は血潮に染みながら、川原の石をとり集め、これにて回向の塔をつむ、一つつんでは父のため、二つつんでは母のため、兄弟わが身と回向して、昼はひとりで遊べども、日も入りあひのその頃に、地獄の鬼があらはれて、つみたる塔をおしくづす

わが一家族の歴史「恐山和讃」

恐山

少年時代

大工町寺町米町仏町老母買ふ町あらずやつばめよ

新しき仏壇買ひに行きしまま行方不明のおとうとと鳥

地平線縫ひ閉ぢむため針箱に姉がかくしておきし絹針

兎追ふこともなかりき故里の銭湯地獄の壁の絵の山

売りにゆく柱時計がふいに鳴る横抱きにして枯野ゆくとき

間引かれしゆゑに一生欠席する学校地獄のおとうとの椅子

町の遠さを帯の長さではかるなり呉服屋地獄より嫁ぎきて

夏蝶の屍《かばね》ひそかにかくし来し本屋地獄の中の一冊

生命線ひそかに変へむためにわが抽出しにある　一本の釘

暗闇のわれに家系を問ふなかれ漬物樽の中の亡霊

悪霊とその他の観察

たった一つの嫁入道具の仏壇を義眼のうつるまで磨くなり

老木の脳天裂きて来し斧をかくまふ如く抱き寝るべし

中古《ちゆうぶる》の斧買ひにゆく母のため長子は学びをり　法医学

いまだ首吊らざりし縄たばねられ背後の壁に古びつつあり

ほどかれて少女の髪にむすばれし葬儀の花の花ことばかな

畳屋に剥ぎ捨てられし家霊らのあしあとかへりくる十二月

川に逆らひ咲く曼珠沙華赤ければせつに地獄へ行きたし今日も

忘られし遠き空家ゆ　山鳩のみづから処刑する歌聞ゆ

地平線揺るる視野なり子守唄うたへる母の背にありし日以後

売られたる夜の冬田へ一人来て埋めゆく母の真赤な櫛を

長歌　指導と忍従

無産の祖父は六十三　番地は四五九《ぢごく》で死方より　風吹き来たる　仏
町　電話をひけば　一五六四《ひとごろし》　隣りへゆけば　八八五六四《ははごろし》　庭に咲
く花七四《なし》の八七《はな》　荷と荷あはせて　死を積みて　家を出るとも　憑
きまとふ　数の地獄は　逃れ得ぬ！　いづこへ行くも　みな四五九《ぢごく》

地獄死後苦の　さだめから　名無し七七四《ななし》の　旅つづき　三味線抱きて　日没の　赤き人形に　なりゆく

かなしき父の　手中淫　その一滴に　ありつけぬ　われの離郷の日を思へ　ふたたび帰ることのなき　わが漂泊の　顔を切る　つばくらめさへ　九二五一四《くにこひし》　されど九二なき家もなき　われは唄好き　念仏嫌ひ　死出の山路を　唄ひゆかむか

犬神

寺山セツの伝記

亡き母の真赤な櫛で梳きやれば山鳩の羽毛抜けやまぬなり

亡き母の位牌の裏のわが指紋さみしくほぐれゆく夜ならむ

トラホーム洗ひし水を捨てにゆく真赤な椿咲くところまで

念仏も嫁入り道具のひとつにて満月の夜の川渡り来る

大正二年刊行津軽行刑史人買人桃太はわが父

村境の春や錆びたる捨て車輪ふるさとまとめて花いちもんめ

鋸の熱き歯をもてわが挽きし夜のひまはりつひに　首無し

濁流に捨て来し燃ゆる曼珠沙華あかきを何の生贄とせむ

子守唄義歯もて唄ひくれし母死して炉辺に義歯をのこせり

灰作るために縄焼きつつあればふいにかなしも農の娶りは

法医学

てのひらの手相の野よりひつそりと盲目の鴨ら群立つ日あり

生くる蠅ごと燃えてゆく蠅取紙その火あかりに手相をうつす

見るために両瞼をふかく裂かむとす剃刀の刃に地平をうつし

七草の地にすれすれに運ばれておとうと未遂の死児埋めらるる

縊られて村を出てゆくものが見ゆ鶏の血いろにスカーフを巻き

旧地主帰りたるあと向日葵は斧の一撃待つほどの　黄

〈パンの掠取〉されど我等の腹中にてパンの異形はよみがへらむか

われ在りと思ふはさむき橋桁に濁流の音うちあたるたび

白髪を洗ふしづかな音すなり葭切やみし夜の沼より

子守唄

捨子海峡

呼ぶたびにひろがる雲をおそれゐき人生以前の日の屋根裏に

かくれんぼの鬼とかれざるまま老いて誰をさがしにくる村祭

死児埋めしままの田地を買ひて行く土地買人に　子無し

桃の木は桃の言葉で羨むやわれら母子の声の休暇を

その夜更親戚たちの腹中に変身とげゐむ葬式饅頭

ひとに売る自伝を持たぬ男らにおでん屋地獄の鬼火が燃ゆる

ひとの故郷買ひそこねたる男来て古着屋の前通りすぎたり

小川まで義歯を洗ひに来し農夫しばらくおのが顔うつしをり

狐憑きし老婦去りたるあとの田に花嚙みきられたるカンナ立つ

味噌汁の鍋の中なる濁流に一匹の蠅とぢこめて　餐

暴に与ふる書

燭の火に葉書かく手を見られつつさみしからずや父の「近代」

わが切りし二十の爪がしんしんとピースの罐に冷えてゆくらし

老父ひとり泳ぎをはりし秋の海にわれの家系の脂泛きしや

青麦を大いなる歩で測りつつ他人の故郷売る男あり

わが地平見ゆるまで玻璃みがくなり唄の方位をさだめむために

亡き父の歯刷子一つ捨てにゆき断崖の青しばらく見つむ

まだ生まれざるおとうとが暁の曠野の果てに牛呼ぶ声ぞ

あした播く種子腹まきにあたためて眠れよ父の霊あらはれむ

死刑囚はこばれてゆくトラックのタイヤにつきてゐる花粉見ゆ

吸ひさしの煙草で北を指すときの北暗ければ望郷ならず

長歌　修羅、わが愛

いつも背中に　紋のある　四人の長子あつまりて　姥捨遊びはじめたり　とんびとやまの鉦たたき　手相人相家の相　みな大正の　翳

ふかき　義肢県灰郡入れ歯村　七草咲けば年長けて　七草枯れれば年老くる　子守の霊を捨てざれば　とはに家出ることもなし寝ればかならず　ゆめをみて　ゆめの肴に子守唄「ねんねんころりねんころり　ころりと犬の　死ぬ夜は　満月かくし歯を入れて　紅かねつけて髪剃って　うちの母さま　嫁にやれ　七十七の母さまにお椀もたせて　嫁にやれ　どうかどこかの　どなたさま　鴉啼く夜の　縁ぢやもの　赤い着物に　縄かけて　どんと一押し　くれてやれ」

さればと眠る母見れば　白髪の細道　夜の闇　むかし五銭で　鳥買うて　とばせてくれた　顔のまま　仏壇抱いて高いびき　長子　地平にあこがれて　一年たてど　母死なず　二年たてども　母死なぬ

三年たてども　母死なず　四年たてども　母死なぬ　五年たてども
母死なず　六年たてども　母死なぬ　十年たちて　船は去り　百年
たちて　鉄路消え　よもぎは枯れてしまふとも　千年たてど　母死
なず　万年たてど　母死なぬ

ねんねんころり　ねんころり　ねんねんころころ　みな殺し

山姥

むがしこ

とんびの子なけよとやまのかねたたき姥捨以前の母眠らしむ

漫才の声を必死につかまむと荒野農家のテレビアンテナ

わが撃ちし鴟に心は奪はれて背後の空を見失ひしか

降りながらみづから亡ぶ雪のなか祖父《おほちち》の瞠《み》し神をわが見ず

孕みつつ屠らるる番待つ牛にわれは呼吸を合はせてゐたり

東京の地図にしばらくさはりゐしあんまどの町に　指紋をのこす?

息あらく夜明けの日記つづりたり地平をいつか略奪せむと

鋏曇る日なり名もなき遠村にわれに似し人帰り来《きた》らむ

情死ありし川の瀬音をききながら毛深き桃を剝き終るなり

母を売る相談すすみゐるらしも土中の芋らふとる真夜中

発狂詩集

挽肉器にずたずた挽きし花カンナの赤のしたたる　わが誕生日

田の中の濁流へだてさむざむとひとの再会見てゐたるなり

木の葉髪長きを指にまきながら母に似してふ巫女《いたこ》見にゆく

修繕をせむと入りし棺桶に全身かくれて桶屋の……叔父

わが塀に冬蝶の屍をはりつけて捨子家系の紋とするべし

米一粒こぼれてゐたる日ざかりの橋をわたりてゆく仏壇屋

針箱に針老ゆるなりもはやわれと母との仲を縫ひ閉ぢもせず

つばめの巣つばめの帰るときならず暗き庇を水流れをり

茶碗置く音のひびきが枯垣をこゆるゆふべの犬神一家

家伝あしあとまとめて剝ぎて持ちかへる畳屋地獄より来し男

家出節

終りなき学校

義肢村の義肢となる木に来てとまる鴫より遠く行くこともなし

おとうとの義肢作らむと伐りて来しどの桜木も桜のにほひ

少年にして肉たるむ酷愛の日をくちなはとともに泳ぎて

とばすべき鳩を両手でぬくめれば朝焼けてくる自伝の曠野

老婆から老婆へわたす幼な児の脳天ばかり見ゆる麦畑

わかれ来て荒野に向きてかぶりなほす学帽かなしく桜くさし

つばくろが帰り来して嘘をつきに隣町までゆくおとうとよ

少年の日はかの森のゆふぐれに赤面恐怖の木を抱きにゆく

牛小舎にいま幻の会議消え青年ら消え陽の炎ゆる藁

干鱈裂く女を母と呼びながら大正五十四年も暮れむ

家畜たち

母恋し下宿の机の平面を手もて撫すとも疣《いぼ》は……無し

炉の灰にこぼれおちたる花札を箸でひろひて恩讐家族

つひに子を産まざりしかば揺籠に犬飼ひてゐる母のいもうと

「紋付の紋が背中を翔《た》ちあがり蝶となりゆく姉の初七日」

はこべらはいまだに母を避けながらわが合掌の暗闇に咲く

刺青のごとく家紋がはりつきて青ざめてゐむ彼等の背中

わが息もて花粉どこまでとばすとも青森県を越ゆる由なし

新・病草紙

さはるものにみな毛生ゆる病

ちかごろ男ありけり、風病によりて、さはるものにみな、毛生ゆるなれば、おのれを恥ぢて何ごとにも、あたらず、さはらず。ただ、おのがアパートにこもりて、妻と酒とにのみかかはりあひて暮しゐたり。

男の妻、さはらるるたび毛の丈のびて、深きこと一〇メートルをこえたり。妻、おのが毛の密林よりのがれむとして、その暗黒の体毛のなかに、月照るところをもとめてさまよひしが、つひにはてにけり。男、それを葬《とむら》はむとせしが、棺桶や位牌にも毛の生ゆることをおそれ、無為にすぎたり。

うらがはにひつそりと毛の生えてゐむ柱時計のソプラノの鳩

げに、毛とは怖しきものなり。ひそかにわれわれも毛にて統べられゐるべし。時も、歌も。

眼球のうらがへる病

ある女、まなこ裏がへりて、外のこと見えずなりたり。瞠らむとすればするほどにおのが内のみ見え、胃や腸もあらはなる内臓の暗闇、あはう鳥の啼くこゑのみきこゆ。

女、かなしめども癒えず、剃刀もて眼球をゑぐり出し、もとのやうに表がへさむとすれど、眼球に表なし。耐へがたきまま表なしの眼球を畑に埋めたり。

女、四十にして盲目のままはてしが、畑には花咲かず。ただ、隣人たちのみ、女を世間知らずとして遇せしと伝ふ。

鶏頭の首なしの茎流したる川こそ渡れわが地獄変

大足の病

ひと謂ふあり。坐りてゐるのみにて足ふくるるなり。かまはざれば大足の膨張度かぎりなく、住居に、会社に、足の置場なし。ちかごろ勤め持つ男はみな大足の病を免がれむとして、ただ東奔西走するなり。……（勤め持たざる者は、散髪屋に通ふごとく、大足の鋸挽き屋に通ひゐると謂ふ）

さはあれど、人誰も、大足病む男に逢ひたることなし。一足百花踏みしだく、花圃の大足も、ただ体制者の教へを信ずるのみ。わが足の幅も並に十文七分となれり。

（小足の男の経営せる、足の鋸挽き屋に通ふは、むしろ小足の老婆に多し。一時に一所のみ通へる「足」を捨てて、一時に数所へあはれむために足を挽き捨てむためらし。挽き捨てられし足は束ねて、新しき小屋組立の材に用ゐられむ、と推されけり）

灌木も老婆もつひに挽かざりし古鋸《のこぎり》が挽く花カンナ

時計恐怖症

ちかごろ、自殺はかりたる男、わけを訊きたれば時計おそろしと云ふ。古き柱時計に首縊りたる老母の屍の、風に吹かるる振子におのが日日を刻まるるは、ただ、おぼつかなし。されば、ひとの決めたる「時」にて、おのが日日を裁断さるるはゆるしがたく、みづから時計にならむとはかりぬ。

地上に円周をゑがきて、その央ばに立ち、日におのが影を生ませてそれを針として、人間時計の芯となりたれば、正確なることこの上なし。連日ただ時を守るのみにて無為に時をすごすことを喜べり。されば男、ふたたび時に遅るることはなかりきと言へり。

死の日よりさかさに時をきざみつつつひに今には到らぬ時計

男、鳩のごとく啼くこともなし。

鬼見る病

鬼見る病と云ふあり。ひとりのときに鬼と逢ひ、見られ、ときには嗤はるるもあり。もとより幻覚にはあらず。

鬼、ときには背広を服し、ときには女装し、箪笥のかげ、電気冷蔵庫の中、あらゆるところより出でては、ただ見つめ、嗤へるのみ。何もせざるがゆゑにさらにこはし。

鬼を見たる者、レントゲンにて頭蓋を透視せるに異常なく、ただ鳥

のごときかたちせる癒着部分のこれるのみ。ひとみな、鬼をおそれ、
みづから鬼になることによりて鬼見る病より免がれむとせり。
されば人みな、ただ見つめ、ただ嗤へるのみにて、大いなる嗤ひの
街あらはれたりと云へり。いかにも鬼の敵は、鬼なり。

春の野にしまひ忘れて来し椅子は鬼となるまでわがためのもの

……げに、鬼はいつでも、遅れてくるなり。

室内楽

ある男、溢血にかかりて性器ふくらむことかぎりなし。

この病、人見るたびに血をあたへたきこころやむことなく、風に吹かれて丘に立ち、砂丘に立ち、血のすくなきものに呼びかくるものなり。

男ありて、古邸に貧血の男を囲ひ、食を与へずに飢ゑさせて、ししあまれる太き腿部をさし出して血を吸はせたれば、貧血の男、木菟のごとく目をむきてそれに応じ、たちまち枯葉よみがへるごとく剝製の胸廓生きかへりたり。されど、血を吸はせたる男、色さめることかぎりなくたちまち潮ひくごとく貧血したり。

血を吸ひたる男、それを見て、食を与へず渇かせて、しし恢復したる太腕を与へ、吸ひたる血をふたたび吸ひかへさせてその苦痛をよろこべり。

しだいに楽器のへりゆく室内楽のごとく、同病かたみに蒼ざめながら二人衰へ、ともに老いたるボーイソプラノにて春をうたひつつ、吸はせるべき血ののこりすくなきことを惜しむ病となむつたへける。

首吊り病

ちか頃、縊りの病といふあり。細紐と見たれば縊りたきこころ、おさへがたきものなり。

水仙の花あれば木にそを縊り、花嫁人形あれば、そを縊る。その患者ゆくところ、縊られざるものはなし。みな、患者のふかきふかき情のあらはれゆゑ、ひとかれを詩人と呼ぶこともあり。

詩人、ことごとく縊りては時の試練をまぬがれむとするらしも、その縊られし木は異形のさまにて黒く立つなり。ときに縛り花の木、ときに縛り人形の木なるはよけれど、まてときには首吊りの木となることもあり。木、人間の生《な》る木のごとく、縊られ実りたるひとを風にそよがすさますさまじ。ここに「時」なしと思へるはただ、独断なり。患者、これをもつて表現といふ。げに、表現といふは、おそろしきものなり。

変身

身のちぢむ病といふあり、ある男、朝、棚の上なる石鹸をとらむとして手をのばしたれど、手とどかざるなり。不審に思ひて身の丈、手の長さなどはかりたれば、あきらかに前日よりちぢみゐることに気づく。医師にあひて、この大事訴へたれど、医師あざ笑ふのみ。

男、気に病みつつもほどこすべなく、しだいに頭上より高くなりゆく鳥籠の文鳥を見上げつつ、ちぢみ、ちぢみ、ちぢみゆくなり。日をふるほどに、男、テーブルの丈にちぢみ、靴の丈にちぢみ、桜草の丈にちぢみて、叫ぶこゑさへとどかずなりぬ。

かなしみて詠めるうた。


地球儀の陽のあたらざる裏がはにわれ在り一人青ざめながら

されど身のちぢむ病、男のみのものにあらず、万物のさだめにてありと説く学者曰く「地球のちぢむ速度と、ひとの丈のちぢむ速度の比こそ問はるべし。この比の破れたるときのみ小人、巨人の類あらはるるなり。

ただひとり、いそがむとするもののみ恐怖につかれむ。いざ、ゆっくりとちぢむべし。

地球とともにちぢむべし。これ、天人の摂理にして、すこやかなる掟なり。」

——ちぢみたる男、砂礫のなかにまじりて「ああ、ひとなみにちぢみ、おくれもせず、いそぎもせざれば、かく恥かくこともなからざりしを」と嘆息せりときこえしが、いかに。

新・餓鬼草紙

善人の研究

花食ひたし、といふ老人の会あり。槐、棕櫚、牡丹、浦島草、茨、昼顔などもちよりて思案にくれてゐたり。一の老、鍋に煮て食はむと言へども鍋なし。さればと地球儀を二つに割りて鍋がはりに水をたたへて花を煮たれど、花の色褪めて美食のたのしびうすし。また二の老、焼き花にせむと火の上に串刺しの花をならべて調理するも、花燃えてすぐにかたちなし。されば三の老、蒸し花、煎り花料理をこころみしが、これも趣きなし。花は芍薬、罌粟、紫蘭、金魚草などみな鮮度よければ、なまのまま食はむと四の老言ひて盛りつけたれど、老、口ひらくことせまく、花を頬ばり、咀嚼すること難し。されば老人らみなしめしあはせて、庖丁、鉈、剃刀などにて花を刻みはじめしなり。悲しきは餐、花のむごたらしきかをり甘やかに鼻をつき、すさまじく、きざむ音、なまぐさく唄ふたのしびの　ボーイソプラノ、みな、おにより天の身に近づきてゆく証しならむか。

悲しき自伝

裏町にひとりの餓鬼あり、飢ゑ渇くことかぎりなければ、パンのみにては充たされがたし。胃の底にマンホールのごとき異形の穴ありて、ひたすら飢ゑくるしむ。こころみに、綿、砂などもて底ふたがむとせしが、穴あくまでひろし。おに、穴充たさむため百冊の詩書、工学事典、その他ありとあらゆる書物をくらひ、家具または「家」をのみこむも穴ますます深し。おに、電線をくらひ、土地をくらひ、街をくらひて影のごとく立ちあがるも空腹感、ますます限りなし。おに、みづからの胃の穴に首さしいれて深さはからむとすれば、はるか天に銀河見え、ただ縹渺とさびしき風吹けるばかり。もはや、くらふべきものなきほど、はてしなき穴なり。

言葉餓鬼

無才なるおにあり、名づくる名なし、かたちみにくく大いなる耳と剝きだしの目をもちたり。このおに、ひとの詩あまた食らひて、くちのなか齒くそ、のんどにつまるものみな言葉、言葉、言葉―ひとの詩句の咀嚼かなはぬものばかりなり。ひとの言葉に息つまることの苦しさ、医師に訴ふるに医師、一羽の百舌鳥をあてがふ。百舌鳥は、あはれみのこころ知る鳥なれば、おにのあけたるくち、のんどの奥ふかくとびめぐりつつこびりつきしひとの言葉を啄み、またのみこみ、おにの苦患をすくひたり。

さればおに、さはやかに戻れども、ひとの詩をふふみ、消化せし百舌鳥、大空に酔へることかぎりなく、つひに峡谷ゆさかさに堕ちて果てたり。あはれ、詩を解すものすこやかならず、ただ無才なるおにのみ栄えつつ、嗤へりき。

母恋餓鬼

鬼あり、母と名づく、髪なかばしろく、おもてになみだふたがりて子を見ることとあたはず。裏町のアパートに棲みて、老後やけつく渇きにくるしみつつ、子のための冬着縫ひ、子守唄をとなふ。この鬼、ときとして飢渇の火、みのうちをやくたへがたさに　水をもとめて階段をおりゆくことあり。鬼の子、息子といへるもの、水を守りてゐしが、鬼来たるを知りて洗面器にあふるる水をもちて、夜の闇へ逃ぐるなれば、鬼、水をもとめて、子を逐ひ擲たむばかりにはしりまどふ。そのさまは、さながら走る火鬼、ふりみだしたる髪も、追へる大股も子には及ばず。つひにあきらめて、水をもち去りしわが子の、あしあとのしたたりをねぶりていのちを生く。そのねぶる舌の音、かなしきまでに高架線路をへだてたる他のアパートにとどくなり。その子二十歳、しみじみと洗面器の水におのが顔をうつし見てゐしが　やがてそれを　捨つるなり。

天体の理想

をんなおにあり、つれづれなる夜のすさびに一電球をくらへば、すべすべとまこと味よきなり。このこと秘めおかむと誓ひて、あさ、臥所を出むとせるとき、おのれ灯れることに気づく。おに、あわて て羽織で身をおほひたれど、電光ほのぼのと洩れ出でて、はづかし きこと限りなし。ことに、夜はあかるし。おに、しみじみと見つめ たれば、電球ははらのうちにさだまりて、おにの顔を照らし、罪を とがむるがごときなり。さればおに、家の電源を断ち、配電経路を 損ねむとすれども灯はさらにあかるし。あはれ、おに自ら灯りつつ 狂ひて、縊れ死にたり。

――死後、天に一灯ともり、一星ふえたることもゆゑなきにはあら ざるなり。(星みな、罪ふかきおにの、輝ける空の生贄なり、ここ ろみに、一罪をかしたるとき空をあふぎ見よ。かならず一星ふえて 満天たのしむごとくあるなり)

跋

これは、私の「記録」である。

自分の原体験を、立ちどまって反芻してみることで、私が一体どこから来て、どこへ行こうとしているのかを考えてみることは意味のないことではなかったと思う。

もしかしたら、私は憎むほど故郷を愛していたのかも知れない。

私は少年時代にロートレアモン伯爵の書を世界で一ばん美しい自叙伝だと思っていた。

そして、私版「マルドロールの歌」をいつか書いてみたいと思っていた。

この歌集におさめた歌がそれだとは言わないが、その影響が少し位はあるかも知れない。

私の将来の志願は権力家でも小市民でもなかった。映画スタアでも運動家でも、職業作家でもなかった。

地球儀を見ながら私は「偉大な思想などにはならなくともいいから、偉大な質問になりたい」

と思っていたのである。

これは言わば私の質問の書である。

こんど歌集をまとめながら、しみじみと思ったことは、ひどく素朴な感想だが、短歌は孤独な文学だ、ということである。

だが、私が他人にも伝統にもとらわれすぎず、自分の内的生活を志向できる強い（ユリシーズのような）精神を保とうと思ったら、この孤独さを大切にしなければいけない、と考えないわけにはいかないのだ。これは、『空には本』『血と麦』につづく私の三冊目の歌集である。

作品の半分以上は、この歌集のために書下ろしたものである。今後も書下ろし作品で歌集を出してゆきたいというのが私の考えである。

一九六五年七月

初期歌篇

燃ゆる頬

森番

森駈けてきてほてりたるわが頬をうずめんとするに紫陽花くらし

とびやすき葡萄の汁で汚すなかれ虐げられし少年の詩を

わが通る果樹園の小屋いつも暗く父と呼びたき番人が棲む

海を知らぬ少女の前に麦藁帽のわれは両手をひろげていたり

果樹園のなかに明日あり木柵に胸いたきまで押しつけて画く

蝶追いきし上級生の寝室にしばらく立てり陽の匂いして

わが鼻を照らす高さに兵たりし亡父の流灯かかげてゆけり

そら豆の殻一せいに鳴る夕母につながるわれのソネット

耳大きな一兵卒の亡き父よ春の怒濤を聞きすましいん

夏川に木皿しずめて洗いいし少女はすでにわが内に棲む

草の穂を嚙みつつ帰る田舎出の少年の知恵は容れられざりし

吊されて玉葱芽ぐむ納屋ふかくツルゲエネフをはじめて読みき

胸病みて小鳥のごとき恋を欲る理科学生とこの頃したし

秋菜漬ける母のうしろの暗がりにハイネ売りきし手を垂れており

列車にて遠く見ている向日葵は少年のふる帽子のごとし

草の笛吹くを切なく聞きており告白以前の愛とは何ぞ

ペダル踏んで花大根の畑の道同人雑誌を配りにゆかん

煙草くさき国語教師が言うときに明日という語は最もかなし

黒土を蹴って駈けりしラグビー群のひとりのためにシャツを編む母

夏帽のへこみやすきを膝にのせてわが放浪はバスになじみき

蛮声をあげて九月の森に入れりハイネのために学をあざむき

ころがりしカンカン帽を追うごとくふるさとの道駈けて帰らん

五月なりラッキョウ鳴らし食うときも教師とならん友を蔑む

知恵のみがもたらせる詩を書きためて暖かきかな林檎の空箱

ふるさとの訛りなくせし友といてモカ珈琲はかくまでにがし

かぶと虫の糸張るつかのまよみがえる父の瞼は二重なりしや

ふるさとにわれを拒まんものなきはむしろさみしく桜の実照る

倖せをわかつごとくに握りいし南京豆を少女にあたう

海の休暇

雲雀の血すこしにじみしわがシャツに時経てもなおさみしき凱歌

ラグビーの頬傷は野で癒ゆるべし自由をすでに怖じぬわれらに

傷つきてわれらの夏も過ぎゆけり帆はかがやきていま樹間過ぐ

灯台に風吹き雲は時追えりあこがれきしはこの海ならず

日あたりて遠く蟬とる少年が駈けおりわれは何を忘れし

わが空を裂きゆく小鳥手をあげて時とどめんか新芽の朝は

またしても過ぎ去る春よ乱暴に上級生のシャツ干す空を

歳月がわれ呼ぶ声にふりむけば地を恋う雲雀はるかに高し

軒の巣はまるく暮れゆく少年と忘れし夏を待つかたちして

蝶とまる木の墓をわが背丈越ゆ父の思想も超えつつあらん

日あたりて雲雀の巣藁こぼれおり駈けぬけすぎしわが少年期

川舟の少年われが吐き捨てし葡萄の種子のごとき昨日よ

今日生れ今日とぶ春の雲の下かく癒えしわれ山を見ており

わが夏をあこがれのみが駈け去れり麦藁帽子被りて眠る

カナリアに逃げられし籠昏れのこれりわが誕生日うつむきやすく

亡き父にかくて似てゆくわれならんか燕来る日も髭剃りながら

夏シャツに草架つけしまま帰るわれに敗者の魅力はなきか

少年のわが夏逝けりあこがれしゆえに怖れし海を見ぬまに

記憶する生

胸病めばわが谷緑ふかからんスケッチブック閉じて眠れど

すぐ軋む木のわがベッドあおむけに記憶を生かす鰯雲あり

明日生れるメダカも雲もわがものと呼ぶべし洗面器を覗きいて

遠き帆とわれとつなぎて吹く風に孤りを誇りいし少年時

かなかなの空の祖国のため死にし友継ぐべしやわれらの明日は

雉子の声やめば林の雨明るし幸福はいますぐ摑まねば

やがて海へ出る夏の川あかるくてわれは映されながら沿いゆく

山を見るわれと鋤ふる少年とつなぎて春の新しき土

罐に飼うメダカに日ざしさしながら田舎教師の友は留守なり

わがあげし名もなき凱歌雪どけの川ながれつつ玉葱芽ぐむ

わが影のなかに蒔きゆくにんじんの親しき種子は地をみつめおり

ドンコザックの合唱は花ふるごとし鍬はしずかに大きく振らん

人間嫌いの春のめだかをすいすいと統べいるものに吾もまかれん

街の麦青みつつあり縦に拭くガラス戸越しに明日たしかなり

声のなき斧おかれありそのあたりよりとびとびに青みゆく麦

怒るときひかる蜥蜴の子は羨しわが詩は風に捨てられゆくも

季節が僕を連れ去ったあとに

僕の傷みがあつまって、日ざしのなかで小さな眠りになる夏のために

失いし言葉かえさん青空のつめたき小鳥撃ちおとすごと

帆やランプ小鳥それらの滅びたる月日が貧しきわれを生かしむ

遠ざかる記憶のなかに花びらのようなる街と日日はささやく

失いし言葉がみんな生きるとき夕焼けており種子も破片も

膝まげて少年眠る暗き廈《いえ》がわが内にありランプ磨けば

空のない窓が記憶のなかにありて小鳥とすぎし日のみ恋おしむ

萱草に日ざしささやく午後のわれ病みおり翼なき歌かきて

漂いてゆくときにみなわれを呼ぶ空の魚と言葉と風と

遠い空に何かを忘れて来しわれが雲雀の卵地にみつめおり

わが内にわれにひとりの街がありて夏蝶ひとつ忘られ翔くる

わが胸を夏蝶ひとつ抜けゆくは言葉のごとし失いし日の

海よその青さのかぎりなきなかになにか失くせしままわれ育つ

空のなかにたおれいるわれをめぐりつつ川のごとくにうたう日日たち

たれかをよぶわが声やさしあお空をながるる川となりゆきながら

駈けてきてふいにとまればわれをこえてゆく風たちの時を呼ぶこえ

夏美の歌

空の種子

君のため一つの声とわれならん失いし日を歌わんために

空にまく種子選ばんと抱きつつ夏美のなかに入りゆく

わが寝台樫の木よりもたかくとべ夏美のなかにわが帰る夜を

夜にいりし他人の空にいくつかの星の歌かきわれら眠らん

空のない窓が夏美のなかにあり小鳥のごとくわれを飛ばしむ

遅れてくる夏美の月日待ちており木の寝台に星あふれしめ

木や草の言葉でわれら愛すときズボンに木洩れ日がたまりおり

青空に谺の上にわれら書かんすべての明日に否と書かんと

滅びつつ秋の地平に照る雲よ涙は愛のためにのみあり

パン焦げるまでのみじかきわが夢は夏美と夜のヨットを馳らす

野の誓いなくともわれら歌いゆけば胸から胸へ草の実はとぶ

木がうたう木の歌みちし夜の野に夏美が蒔きし種子を見にゆく

木や草のうた

空撃ってきし猟銃を拭きながら夏美にいかに渇きを告げん

愛すとき夏美がスケッチしてきたる小麦の緑みな声を喚ぐ

朝のひばり

太陽のなかに蒔きゆく種子のごとくしずかにわれら頬燃ゆるとき

藁の匂いのする黒髪に頬よせてわれら眠らん山羊寝しあとに

肩よせて朝の地平に湧きあがる小鳥見ており納屋の戸口より

帆やランプなどが生かしむやわらかき日ざしのなかの夏美との朝

青空のどこの港へ着くとなく声は夏美を呼ぶ歌となる

野兎とパン屑に日ざしあふれしめ夏美を抱けりベッドの前に

麦藁帽子を野に忘れきし夏美ゆえ平らに胸に手をのせ眠る

かすかなる耳鳴りやまず砂丘にて夏美と遠き帆を見ておれば

どのように窓ひらくともわが内に空を失くせし夏美が眠る

青空より破片あつめてきしごとき愛語を言えりわれに抱かれて

空を呼ぶ夏美のこだまわが胸を過ぎゆくときの生を記憶す

十五歳

理科室に蝶とじこめてきて眠る空を世界の恋人として

わがカヌーさみしからずや幾たびも他人の夢を川ぎしとして

空をわが叔母と呼ぶべし戦いに小鳥のように傷つきしのみ

青空と同じ秤で量るゆえ希望はわかしそら豆よりも

地下水道いまは一羽の小鳥の屍漂いていんわが血とともに

「囚われしぼくの雲雀よかつて街に空ありし日の羽音きかせよ」

空を大きな甕のごとくに乗せてくる父よ何もて充たさんつもり

君たちの呼びあう声の川ぎしにズボンをめくりあげてわれあり

死者たちのソネットならん空のため一本の樹の髪そよげるは

しずかなる車輪の音す目つむりて勝利のごとき空を聴くとき

ひまわりの見えざる傷のふかくとも時はあてなし帆船のごとく

一本の樫の木やさしそのなかに血は立ったまま眠れるものを

空を逐われし鳥・時・けものあつまりて方舟めけりわが玩具箱

漕ぎ出でて空のランプを消してゆく母ありきわが誕生以前

空駈けるカヌーとなれと削りいし樫の木遅し愛なきわれに

青空はわがアルコールあおむけにわが選ぶ日日わが捨てる夢

この土地のここにそら豆蒔くごとくわれら領せり自由の歌を

海のない帆掛船ありわが内にわれの不在の銅羅鳴りつづく

わが埋めし種子一粒も眠りいん遠き内部にけむる夕焼

大いなる夏のバケツにうかべくるわがアメリカと蝶ほどの夢

わが耳のなかに小鳥を眠らしめ呼ばんか遠き時の地平を

実らざる鳥の巣ひとつ内にもつ少年にして跛をひけり

わが知らぬ他人の夢ら樹のなかに立ちて眠りていん林ゆく

たそがれの空は希望のいれものぞ外套とビスケットを投げあげて

屠りたる野兎ユダの血の染みし壁ありどこを向き眠るとも

*

一枚の羽根を帽子に挿せるのみ田舎教師は飛ばない男

水草の息づくなかにわが捨てし言葉は少年が見出ださむ

空は本それをめくらんためにのみ雲雀もにがき心を通る

楡の木のほら穴暗し空が流す古き血をいれわが明日をいれ

とぶ鳥も少年も土一塊より生れたる日へ趨らんとする

飛べぬゆえいつも両手をひろげ眠る自転車修理工の少年

小鳥屋の一籠ずつにこもりいる時の単位にわれを失えり

わが空を売って小さく獲し希望蛙のごとく汗ばみやすし

わが領土ここよりと決む抱きあえばママンのなかの小麦はみどり

子鼠とわれを誕生せしめたる一塊の土洪水以後の

わが内に獣の眠り落ちしあとも太陽はあり頭蓋をぬけて

樅の木のなかにひっそりある祭知らず過ぐるのみ彼等の今日も

解説

したたる美酒　寺山修司は十二、三歳のころに作歌を始めたらしいが、その短歌が初めて世に現われたのは一九五四年（昭和二十九年）十一月のことで、部厚い全歌集が発刊されたのは一九七一年一月、といっても、歌のわかれ（ややあいまいな）を宣言した跋文の日付は七〇年十一月となっているから、ちょうどまる十六年間、公的な短歌の制作発表が続いたわけである。この文庫版は『青春歌集』と銘うたれているけれども、その間のすべての作品が収録されている。

いったい、十六年という歳月は、長いのか短いのか、どちらだろう。むろん作者にとっても、それはどうともいえないはずだが、変貌という点ではめざましく、出現の当時が十八歳、早稲田の教育学部の学生だったのが、現在は劇団天井桟敷の主宰者で前衛演劇の中心人物となり、その成果を世界の各国に問うているのを見ても肯《うなず》けよう。一方、千年の歴史を持つ短歌の中においてみると、その年月は、あたかも掌から海へ届くまでの、雫《しずく》の一たらしほどにもはかない時間といえる。だがこの雫は、決してただの水滴ではなく、もっとも香り高い美酒であり香油でもあって、その一滴がしたたり落ちるが早いか、海はたちまち薔薇いろにけぶり立ち、波は酩酊し、きらめき砕けながら「いと深きものの姿」を現前させたのだった。

もともと薫ずるもの、匂い立つもの、彩色のことにも豊かなものが芸術の甦《よみがえ》りには必須の条件であり、老化し沈滞したとみるまに、また新しい斧が一ふりされて風景は一変するというのが、これまで変革のたびになされてきたことだが、寺山修司の出現した一九五四年までの歌壇は、老化を神聖とし、沈滞を深化と勘ちがいするほどに長老が絶対権を持った部落であった。五十代で中堅、三十代でようやく新鋭という厳密な序列の支配するそこへ、この十代の若者は、まさに青春の香気とはこれだといわんばかりに、アフロディテめく奇蹟の生誕をした。コクトオが『オルフェの遺言』の中で強調したように、海の泡から生まれるべきは女人でなく、実は青年だったのである。その意味でかれは決して老いることがないし、この一巻を青春歌集とよぶことはもっともふさわしい。やや早すぎる歌のわかれも当然であって、この世の中には老人とよばれたくない一心で腹を切る作家もいるのである。

もっとも、青春の香気という薔薇油を塗った裸身は、それを待ち望む者にだけ輝かしく映るので、若者自身の思いからいえば、胸奥の洞窟にどれほど醜悪をきわめた獣たちが多く巣くっているかは、また逆に本人だけが知りぬいている。奇怪なことにそれらの獣はことごとく双頭であって、聖性と獣性はつねにいがみ合い、誇りと屈辱はともども泥にまみれ、憧憬は空しい曠野を望み、野望の唸り声は純潔の扉ごしにしか聞かれない。珍しく双頭でないのは自己の醜さへの確信ぐらいのもので、そのどれもが血走った眼をし汚液をたらし、悪鬼に憑かれた豚さながらの衝動で走り廻っているとなると、この洞窟を宰領しているのはまさしく狂気としか思われないが、同じとしの若者が理性の鞭で辛うじて獣たちをなだめるのに反し、詩人の寺山修司は、あざやかな言葉の鞭の一閃で、これらの醜怪なうごめきを鎮め、統御したとおぼしい。

目つむりていても吾《あ》を統《す》ぶ五月の鷹

高校生のときの一句が示すように、一羽の鷹の翔《かけ》りにも似た言葉の鞭が閃めくとみる間に、先の生物たちはたちまち美しい化石に変じ、汚液さえも薫香を漂わすほどの魔法が完成した。

森駈けてきてほてりたるわが頬をうずめんとするに紫陽花くらし
海を知らぬ少女の前に麦藁帽のわれは両手をひろげていたり
そら豆の殻一せいに鳴る夕母につながるわれのソネット
夏川に木皿しずめて洗いいし少女はすでにわが内に棲む

黒土を蹴って駈けりしラグビー群のひとりのために編むシャツを編む母
蚕声をあげて九月の森に入れりハイネのために学をあざむき
雲雀の血すこしにじみしわがシャツに時経てもなおさみしき凱歌
日あたりて雲雀の巣藁こぼれおり駈けぬけすぎしわが少年期
失いし言葉かえさん青空のつめたき小鳥撃ちおとすごと
わがカヌーさみしからずや幾たびも他人の夢を川ぎしとして

これはいずれも十五、六歳の高校生のときの作品だが、無心な美しさという点では集中の随一であり、同時に読む者の少年時代をも仄《ほの》かに照らし出す夢のランプといえよう。ここには決して時間に腐蝕されることのない果物のみずみずしさがある。寺山修司の生まれ育った北国の林檎園はまた作者の内部にも拡がってい、この少年はほしいままそこに遊んでルノワールの女の肌めいた色を流す実をとり、さっくりと白い歯を当てて噛んでいる。十代の作家が大人も及ばぬ巧緻さで恋愛心理を写したり、格調高い象徴詩をあらわしたりという例はあっても、十代の少年の内部自体をこれほど明るく懐かしく映し出したという例はかつてなかった。

もっとも、

とびやすき葡萄の汁で汚すなかれ虐げられし少年の詩を

とか、

知恵のみがもたらせる詩を書きためて暖かきかな林檎の空箱

といった歌になると、うますぎて舌を巻くと同時に、

煙草くさき国語教師が言うときに明日という語は最もかなし

と歌われたその国語教師めいた思いがしてがっかりもし、小にくらしい気さえしてくるほどだが、事実私は寺山修司の登場の折、田舎の国語教師めいた立場にいたのだった。作品の理解のために、当時の事情の若干を記しておこう。

〝火の継走〟　一九五四年前後の歌壇については、角川書店の「短歌」に連載された「戦後短歌史」や私の『黒衣の短歌史』に詳しいが、前年の斎藤茂吉・釈迢空（折口信夫）という二巨匠の死で、歌壇は日月ともに隕《お》ちたほどに暗い沈黙を迎えていた。氾濫するの

はおびただしい中高年齢層歌人の身辺雑詠にすぎず、新人らしい新人は塚本邦雄と葛原妙子の二人だけで、死臭・腐臭はしだいに濃く立ちこめていた。そのとしの「短歌」の創刊に刺激されて老舗の「短歌研究」では新人の五十首を一般から募集したが、編集長の私は初めからその成果をあてにはしていなかった。いまどき気の利いた青年が短歌を作るはずもなく、その当時若いのに短歌を好きだということは、どこかしら情緒に欠陥があるとさえみられていた時代である。

ところが新人五十首の第一回、四月号に私の推した中城《なかじょう》ふみ子「乳房喪失」は、同じく六月号の「短歌」に川端康成の推薦で『花の原型』が飾られるに及んで評価を一変し、歌壇の長老がどう罵ろうとも、その声をかき消すまでに無名の短歌大衆から圧倒的な支持を受けるに至った。第二回の応募作品は前回の四百通の約倍ほどの投稿が寄せられ、私はその中から寺山修司を特選に、同じく十代だった他の数氏を並べて十一月号を飾った。これらのことを私が何のためらいもなくしたのなら、眼識の高さを誇ってもよいだろうが、そうではない。まったくの未知の作家の生原稿は、あるときは輝く金貨にも見え、また半日も経つと精巧な贋金にも思えて、これをこそという確信などかけらもなかった。私の手もとに、いまも中城と寺山の応募原稿が残っているが、それには赤インクの○や×がやたらに書き入れられている。奇妙な話だが、五十首を募集しておきながら、それをそのまま出したことは一度もない。添削だけは絶対にしなかったが、中城では七首を、寺山では十七首も削って、残りの作品だけを活字にしたのである。というのは当時の歌人のあらかたが、保守というも愚か、新人に対しては最大の罵声を放つことを楽しむ風潮さえあったからで、その攻撃の的になりそうなものはあらかじめ取り除いておこうというのが私の発想だった。いまからいえば行きすぎた配慮に見えるだろうが、当時にはそれが必要な情勢が確かにあったので、たとえば中城の、

　みづからを虐ぐる日は声に唱ふ乳房なき女の乾物はいかゞ？

という一首をそのまま出していたら、旧歌壇はことごとにこれを引合いにして中城を抹殺しようとかかったことだろう。

寺山の場合は、それと意味は違っても、私の田舎教師めいた心配はつのるばかりで、原作の「父還せ」は次のような配列で始まっていたが、私は表題を「チエホフ祭」と変え、最初の一首を残し、次の四首をあっさり削ってしまった。

　アカハタ売るわれを夏蝶越えゆけり母は故郷の田を打ちてゐ《ママ》む

　むせぶごとく萌ゆる雑木の林にて友よ多喜二の詩を口づさめ

＊

ペダル踏んで大根の花咲く道を同人雑誌配りにゆかむ
巨いなる地主の赤き南瓜など蹴りてなぐさむ少年コミ《ママ》ニスト

このうち、「ペダルを踏んで」と「巨いなる」は一度生かしてまた×をし、また○をしてやはり×にしているが、何より私の案じたのはこれをそのまま出したとき、いかにも田舎の文学少年らしい稚さという評価がすぐに下され、そしてそれが決して賞め言葉とはならないことを知っていたからであった。これらの四首はしかし作品としてすぐれていることはむろんで、のちに歌集『空には本』で再録されたし、この集にも載っている。だがこのとき私が削ったなり、ついに全歌集にもない九首ほどの歌を次にあげておこう。（かなづかいは原作のまま）

友のせて東京へゆく汽笛ならむ夕餉の秋刀魚買ひに出づれば
塩つけて甘藷を喰らふ日々だにも文芸恋へり北国の男
漬樽をまさぐりながら詩のために家出せむこと幾度思ひし
みじめなまで学問のみが太るという進学の友の髭をかなしむ
雀来る朝の竈を焚かむとて多喜二祭りのビラ丸めこむ
桃浮かべし小川は墓地をつらぬけり戦後の墓に父の名黒し

帰省せるわれの大学帽などをけなしておのれなぐさむ彼等よ
葭切の啼ける日なたへ急がむと戦後のわが影放浪型に
暗がりに母の忘れし香水あり未亡人母の恋はおそろし

かりにこれらの歌がそっくり生かされて発表されたとき、寺山評価は変わったものになっていただろうか。少なくとも旧歌壇が悪口をいいやすかったことは確かで、初めのうちその旨さに舌を巻き、発想の新鮮さに拍手を送っていた歌人たちが、俳句からの模倣問題が表立ってからというもの、どれほどほしいままに罵言を吐きつづけたかを思い返すと、若い芽ならなんでも摘みとってやろうというほどの当時の歌壇のありようを、奇異というより苦くさびしいものにかえりみずにいられない。そして、いま改めて寺山の作品にある現代俳句の影響は、いっそうつぶさに論じられてしかるべきであろう。

だが中城も寺山も、その後つぎつぎと若い歌人たちが出現するに及んで、その評価は輝かしい先駆者というふうに変わり、今日に到った。一九五四年十二月号の「入選者の抱負」の中で、寺山はこう記している。

「たとえば一つの〈正義〉の例として僕は『短歌研究』の勇気に帽子をぬごうと思う。僕に短歌へのパッショネイトな再認識と決意を与えてくれたのはどんな歌論でもなくて中城ふみ子の作品であった。

野に咲く百合が〈正義〉であると同じ様に、『短歌研究』の中城ふみ子推薦はまったく〈正義〉の一典型であった。——しかしここに約束されたたゞ一つの種子も乳癌という鴉のために啄《つい》ばまれてしまい、歌史は一つの ray を喪失してしまった。

∴

そこで僕は僕の設計図にこうメモをした。

僕はある意味ではやはり私小説性内蔵型であるかも知れないしちっとも新しくはないかも知れない。しかし一つ、僕は決してメモリアリストではないことを述べようと思う。僕はネルヴァルの言ったように『見たこと、それが実際事であろうとなかろうと、とにかくはっきりと確認したこと』を歌おうと思うし、その方法としてはふみ子のそれと同じ様に新即物性と感情の切点の把握を試みようとするのである。僕は自己の〈生〉の希求を訴える方法として、飛躍できる限界内でモンタージュ、対位法、など色々と僕の巣へ貯えた」。

「火の継走」と題されたこの文章は、書かれた当時から胸に韻《ひび》くものを持っていたが、その言葉どおり〝火の継走〟は果たされた。そしていま、昧爽の霧の中に、もう一つの新しい火が点じられるべきときがきている。

眠れゴーレム　「寺山修司。昭和十一年一月九日青森に生まる。父は軍人、戦死」というぐらいの経歴しか私は知らない。故郷について家については作品で知ればたくさんだと思っていたので、一度もそんな話をしたことがないからである。ひとりっ子とその母が、いつ上京し、どんなふうに生活を拓《ひら》いていったかということも、ここに収められた歌を指で辿ってみたところで、大して実のある報告は得られないだろう。ただ、これまで刊行された歌集は次のとおりである。

『われに五月を』　昭和三十二年一月・作品社刊。(短歌のほか詩・俳句・小品を収録)

『空には本』　昭和三十三年六月・的場書房刊。(第一歌集)

『血と麦』　昭和三十七年七月・白玉書房刊。

『田園に死す』　昭和四十年八月・白玉書房刊。

『寺山修司全歌集』　昭和四十六年一月・風土社刊。(前記の作品すべてと、未刊歌集『テーブルの上の荒野』を収録)

その跋の「歌のわかれ」をややあいまいなと先に記したのは、次のようなことをいっているからだが——

「歌のわかれをしたわけではないのだが、いつの間にか歌を書かなくなってしまった。だから、こうして『全歌集』という名で歌をまとめてしまうことは、私の中の歌ごころを生き埋めにしてしまうようなものである。このあと書きたくなったからと言って、こう『全歌集』の全という意味を易く裏切る訳にはいかないだろう。(中略)ともかく、こうして私はまだ未練のある私の表現手段の一つに終止符を打ち、『全歌集』を出すことになったが、実際は、生きているうちに、一つ位は自分の墓を立ててみたかったというのが、本音である」。

なんだか、墓へ潜りかけながら、うしろをふりむいてぶつぶつ呟いているような奇妙な文章だが、さらにもう一つの本音は、歌壇ではもう新しさ・若さがあたり前のことになってしまい、作品行為が血路を切りひらくといった悲壮感をつゆ伴わずになし得ることの堪えがたさもあるに違いない。十年ほど前までは確かにあった「待たれている」ことへの胸の焙《あぶ》られるような思いなしにこの先とも作歌が続けられてゆくならば、それはせっかく自分が打ち破った沈滞を、また自分の手で作り出してゆくことになるのだから、この生きながらの埋葬は結構なことだし、第一、いつまでも歌人でいる必然性は彼にはない。消えない歌人のふしぎさはいやというほど例のあることで、墓の中に横たわりながらも、いま一度どうしてもという使命感につらぬかれたときだけ、巨人ゴーレムさながらに土をふりはらって起きあがればいいのだ。

編集者だった私は、いわば役者が揚幕から出、また花道のすっぽんからせり出す直前までの世話をやくことに専念し、それに大向こうから声がかかるころはもう別な仕事に向かっているふうだったので、この集でいえば『血と麦』以後は、奇妙ないい方だが「読者に渡してしまった」という気持がする。全歌集の評を頼まれて次のように記した（「短歌」一九七一・三）ものの、それから先の論は、やはり読者の胸中におのずから醸されるものを大事にしたいというのが本音である。

「……十二、三歳から歌を書きはじめたと跋にあるから、ざっと二十年あまりの作歌年月がここに籠められているわけだが、もともと最初の一首を少年時代のノートに記したそのときから、まぎれもないひとつのスタイルを確立していたかに見えるこの作家にとって、二十年は二秒でも変りはない。かりにこの全歌集がぜんぶ白紙であっても、ああ作者があんまり全速力で駆けぬけたために、何にも痕跡が残らなかったんだなと思うばかりである。寺山修司の世界は、われわれがそれを見る以前に完成し、眼に触れたときは流砂が迸《ほとばし》るほどの迅《はや》さで崩壊しかけていた。逆にいえばそれが彼の完成の仕方であり、『初期歌篇』は、その色美しい流砂である。

森駆けてきてほてりたるわが頰をうずめんとするに紫陽花くらし

に始まる青春像は、いまなお愛唱微吟を誘うほどにみずみずしい。ただ、ひとわたりその砂が剝げ落ちたあとには、意外なほど暗い、日本の土着精神の根源を思わせるような壁があらわれた。それが『恐山』以下の一連であって、

大工町寺町米町仏町老母買ふ町あらずやつばめよ
新しき仏壇買ひに行きしまま行方不明のおとうと鳥
売りにゆく柱時計がふいに鳴る横抱きにして枯野ゆくとき
かくれんぼの鬼とかれざるまま老いて誰をさがしにくる村祭

等々の歌は、寺山自身にとってもあるいは意外な、そして当時の成立事情からすればやや遅すぎたほどの〝発見〟であった」。
これまで寺山修司の短歌は、あまり正面から論じられていない。全歌集の解説としてある塚本邦雄のエッセイがほとんど唯一のもので、それはむろん俳句や詩や演劇活動のつぶさな検証を必要とし、同時代の歌人、ことに塚本、岡井隆、のちの岸上大作、春日井健との比較をもふまえた上でのこととなると、相当の困難が予想されるにしろ、土に帰った〝ゴーレムがまだ息づかいを収めていないいまこそ、もっともその気運が熟したといえるであろう。この一巻の青春歌集は、そのためにいま高らかな弦の鳴りを響かせている。

一九七一年十一月

中井英夫

後記

はじめての文庫が出ることになった。

少年時代に、文庫本の『石川啄木歌集』をポケットにいれて川のほとりを散策したことを思い出し、感懐にとらわれている。

私のくやみは、私の本が部数が少ないために、いつも高価で、学生諸君の手に簡単に手に入らないということであったが、この本に限っては、映画一本観るよりも安く手に入れることができ、しかも私のほとんど全部の歌がおさめられていることになるわけだ。気やすく、「書を捨てよ、町へ出よう」ということもできるし、読み捨ててくれということもできるわけだ。

私の歌は、つねに多くの友人たちとともにあったが、ここにその友人たちの名をあげて、お礼を言いたい。中井英夫、杉山正樹、冨士田元彦、そして塚本邦雄の諸兄。どうもありがとう。

一九七一年一二月一〇日

寺山修司

復刊にあたり、人権尊重の立場から、不適当な表現を含むと思われる歌は、著作権継承者の了解を得て掲載を見合わせました。

寺《てら》山《やま》修《しゅう》司《じ》青《せい》春《しゅん》歌《か》集《しゅう》

寺《てら》山《やま》修《しゅう》司《じ》

昭和47年 1月30日 初版発行
平成17年 1月25日 改版初版発行
令和7年 10月10日 改版29版発行

発行者●山下直久

発行●株式会社KADOKAWA
〒102-8177 東京都千代田区富士見2-13-3
電話 0570-002-301(ナビダイヤル)

角川文庫 13648

印刷所●株式会社KADOKAWA
製本所●株式会社KADOKAWA

表紙画●和田三造

●お問い合わせ
https://www.kadokawa.co.jp/（「お問い合わせ」へお進みください）
※内容によっては、お答えできない場合があります。
※サポートは日本国内のみとさせていただきます。
※Japanese text only

ISBN978-4-04-131525-5 C0192

◆◆◇

角川文庫発刊に際して

角川源義

第二次世界大戦の敗北は、軍事力の敗北であった以上に、私たちの若い文化力の敗退であった。私たちの文化が戦争に対して如何に無力であり、単なるあだ花に過ぎなかったかを、私たちは身を以て体験し痛感した。西洋近代文化の摂取にとって、明治以後八十年の歳月は決して短かすぎたとは言えない。にもかかわらず、近代文化の伝統を確立し、自由な批判と柔軟な良識に富む文化層として自らを形成することに私たちは失敗して来た。そしてこれは、各層への文化の普及滲透を任務とする出版人の責任でもあった。

一九四五年以来、私たちは再び振出しに戻り、第一歩から踏み出すことを余儀なくされた。これは大きな不幸ではあるが、反面、これまでの混沌・未熟・歪曲の中にあった我が国の文化に秩序と確たる基礎を齎らすためには絶好の機会でもある。角川書店は、このような祖国の文化的危機にあたり、微力をも顧みず再建の礎石たるべき抱負と決意とをもって出発したが、ここに創立以来の念願を果すべく角川文庫を発刊する。これまで刊行されたあらゆる全集叢書文庫類の長所と短所とを検討し、古今東西の不朽の典籍を、良心的編集のもとに、廉価に、そして書架にふさわしい美本として、多くのひとびとに提供しようとする。しかし私たちは徒らに百科全書的な知識のジレッタントを作ることを目的とせず、あくまで祖国の文化に秩序と再建への道を示し、この文庫を角川書店の栄ある事業として、今後永久に継続発展せしめ、学芸と教養との殿堂として大成せんことを期したい。多くの読書子の愛情ある忠言と支持とによって、この希望と抱負とを完遂せしめられんことを願う。

一九四九年五月三日

角川文庫ベストセラー

あゝ、荒野　寺山修司

60年代の新宿。家出してボクサーになった〝バリカン〟こと二木建二と、ライバル新宿新次との青春を軸に、セックス好きの曽根芳子ら多彩な人物で繰り広げられる、ネオンの荒野の人間模様。寺山唯一の長編小説。

回想・寺山修司　百年たったら帰っておいで　九條今日子

寺山との出会い、天井桟敷誕生の裏話、病に倒れた寺山との最後の会話、彼の遺志を守り通した時間……公私ともにパートナーであった著者だから語れる、素顔の寺山修司とは。愛あふれる回想記。

寺山修司とポスター貼りと。　僕のありえない人生　笹目浩之

寺山修司追悼公演のポスター貼りを機に、その「ポスター貼り」を生業にすると決意。そこから人生が激変する——。演劇そして寺山修司を愛する人々の姿とともに自らのありえない人生を綴る波瀾万丈エッセイ。

美輪明宏が語る寺山修司　私のこだわり人物伝　寺山修司　美輪明宏

劇作家として、映像作家として、詩人として、激動の昭和を舞台に新たな世界を切り拓いた寺山修司。彼の作品に数多く主演し、公私共に親交の厚かった美輪明宏だから知りえた寺山像がここに明かされる。

晩年　太宰治

自殺を前提に遺書のつもりで名付けた、第一創作集。〝撰ばれてあることの　恍惚と不安と　二つわれにあり〟というヴェルレエヌのエピグラフで始まる「葉」、少年時代を感受性豊かに描いた「思い出」など15篇。

角川文庫ベストセラー

女生徒　太宰治

「幸福は一夜おくれて来る。幸福は——」多感な女子生徒の一日を描いた「女生徒」、情死した夫を引き取りに行く妻を描いた「おさん」など、女性の告白体小説の手法で書かれた14篇を収録。

走れメロス　太宰治

妹の婚礼を終えると、メロスはシラクスめざして走りに走った。約束の日没までに暴虐の王の下に戻らねば、身代わりの親友が殺される。メロスよ走れ！　命を賭けた友情の美を描く表題作など10篇を収録。

斜陽　太宰治

没落貴族のかず子は、華麗に滅ぶべく道ならぬ恋に溺れていく。最後の貴婦人である母と、麻薬に溺れ破滅する弟・直治、無頼な生活を送る小説家・上原。戦後の混乱の中を生きる4人の滅びの美を描く。

人間失格　太宰治

無頼の生活に明け暮れた太宰自身の苦悩を描く内的自叙伝であり、太宰文学の代表作である「人間失格」と、家族の幸福を願いながら、自らの手で崩壊させる苦悩を描き、命日の由来にもなった「桜桃」を収録。

ヴィヨンの妻　太宰治

死の前日までに13回分で中絶した未完の絶筆である表題作をはじめ、結核療養所で過ごす20歳の青年の手紙に自己を仮託した「パンドラの匣」、「眉山」など著者が最後に光芒を放った五篇を収録。